Alle Menschen sollten ihre Kindheit
von Anfang bis Ende mit sich tragen.
(Astrid Lindgren)

Als Kind kam Sabine Bohlmann einmal zu spät zur Schule, da sie der Wind daran hinderte, um eine Hochhausecke zu kommen. Doch seitdem ist der Wind ihr Freund. So bläst sie es zwischen der Schauspielerei, dem Synchronstudio und ihrem Schreibtisch herum, und die Geschichten fliegen ihr zu wie Schmetterlinge – überall und zu allen Tages- und Nachtzeiten (dann eher wie Nachtfalter). Die Autorin ist sehr glücklich darüber, endlich alles aus ihrem Kopf herausschreiben zu dürfen. Auf ein blitzeblankes, weißes – äh – Computerdokument. Und das Erste, was sie tut, wenn ein neues Buch in der Post liegt: Sie steckt ihre Nase ganz tief hinein und genießt diesen wunderbaren Buchduft.
www.sabinebohlmann.de

Weitere Titel von Sabine Bohlmann:

Frau Honig
Und plötzlich war Frau Honig da

Frau Honig
Und das Glück der kleinen Dinge

Frau Honig
Und die Schule der Fantasie

Mehr über unsere Bücher, Autor:innen und Illustrator:innen unter:
www.thienemann.de

Sabine Bohlmann

Frau Honig

WENN DER WIND WEHT

Mit Illustrationen von Joëlle Tourlonias

PLANET!

Ist Fantasie der Anfang von allem?

Eine Biene flog zickzack durch die Petunienallee. Sie flog von Haus zu Haus und blieb schließlich vor einem großen Tor mit der Nummer 29 in der Luft stehen.

»Ist es das?« Frau Honig blickte durch die gusseisernen Stäbe die Auffahrt entlang.

Ein langer schnurgerader Weg führte, umgeben von akkurat angeordneten Pappeln, auf ein Haus zu, das eher einem Schloss als einem Haus glich. Das Weiß des Hauses war so weiß, dass Frau Honig fast ein wenig geblendet wurde. Sie kniff die Augen zusammen und sah noch einmal auf ihren Zettel. Korb und Koffer hatte sie neben sich abgestellt.

»Groß. Ja, groß!«, stellte sie fest. »Und prächtig und irgendwie … bist du dir wirklich sicher, dass es dieses Haus ist?«, fragte sie die Biene und die schien tatsächlich zu nicken. Sie wirkte bereits etwas ungeduldig. Frau Honig seufzte. »Na gut, wenn du wirklich sicher bist, dann wollen wir mal.« Sie streckte den Finger aus, um den Klingelknopf zu berühren, doch dazu kam sie nicht, denn

in diesem Moment öffnete sich das Tor wie von Geisterhand. »Huch!«, sagte Frau Honig, und »Treten Sie ein, Sie werden bereits erwartet!«, sagte eine Stimme.

Frau Honig sah sich suchend um. Sie entdeckte ein kleines Kästchen mit Löchern, aus dem die Stimme wohl gekommen war. Sie räusperte sich, näherte sich dem Kästchen und sprach, so deutlich sie konnte: »Danke, aber normalerweise werde ich nicht erwartet.« Das Kästchen antwortete nicht mehr. Frau Honig wandte sich der Biene zu, die noch immer neben ihr in der Luft zu stehen schien. »Na, dann wollen wir mal!«, seufzte sie, griff nach ihrem Koffer und ihrem Korb und trat ein. Die Biene folgte ihr.

Schritt für Schritt ging Frau Honig den langen Weg entlang. Dabei wurde das Haus größer und größer.

»Nein, es ist nicht groß«, sagte Frau Honig zu sich selbst, »es ist enorm!«

Vor der Tür stellte sie erneut ihr Gepäck ab und auch diesmal versuchte sie den Klingelknopf zu betätigen, aber auch diesmal öffnete sich die große Tür wie von selbst.

»Oho!«, sagte Frau Honig, und »Aha« sagte zeitgleich ein langer dünner Mann in einem schwarzen Anzug. Er sah ein wenig aus, als hätte er einen Stock verschluckt.

»Da sind Sie ja!« Seine Stimme klang, als würde er

durch die Nase sprechen und nicht durch den Mund. Außerdem stand seine Nase etwas höher, sodass Frau Honig in die riesigen Nasenlöcher schauen musste.

»Wie meinen Sie das, *da bin ich ja?*«, fragte sie und klang irritiert. »Honig. Elsa Honig mein Name und ich bin …«

»Das neue Kindermädchen, ich weiß. Wir haben Sie bereits erwartet.« Mit diesen Worten öffnete der Mann mit der hoch stehenden Nase die Tür ganz und ließ Frau Honig herein.

Frau Honig sah sich erst noch einmal nach allen Seiten um. Noch nie war sie erwartet worden. Wie konnte man sie erwarten? Frau Honig wurde niemals nie erwartet. Frau Honig kam. Und sie kam, wenn sie es für richtig hielt und wenn sie gebraucht wurde. Aber erwartet wurde sie nie. Vielleicht hatte sie doch an der falschen Klingel geklingelt. Beziehungsweise hatte sie ja gar nicht geklingelt, weil dieses Anwesen zwar Klingeln hatte, diese aber wohl niemand brauchte.

Mit großen fragenden Augen blinzelte sie die Biene an und hoffte, sie hätte vielleicht eine Erklärung für all das. Doch die Biene flog auf Frau Honigs Hut und ließ sich dort auf der Plastikanemone nieder.

»Mein Fräulein, das Kindermädchen ist da!«, sagte der große dünne Mann in ein kleines Mikrofon, das an seinem Kragen befestigt war.

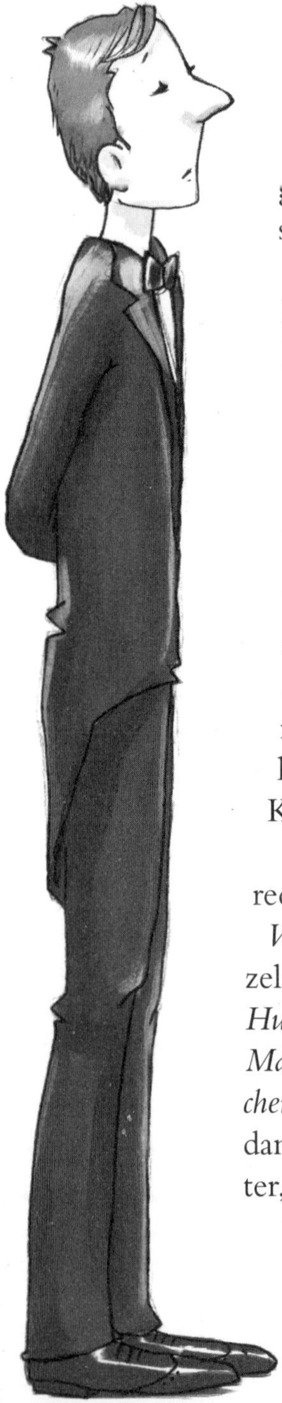

»Und Sie sind?«, fragte Frau Honig und guckte wieder unfreiwillig in die großen Nasenlöcher.

»Ich bin Karl. Der Butler!« Er machte eine kleine, fast unmerkliche Verbeugung. »Fräulein Degenhardt wird sogleich hier sein!«

Frau Honig nickte. Karl stand reglos vor ihr wie eine Wachsfigur. Frau Honig ließ erneut ihren Blick schweifen und wippte auf ihren Zehenspitzen vor und zurück.

»Ganz schön groß hier!«, sagte sie zu der Wachsfigur. »Man könnte fast meinen, es wäre eine Bahnhofshalle und gleich würden Züge einfahren.« Sie lächelte Karl an. Doch der blieb reglos. »Also eine schöne Bahnhofshalle. Vielleicht eine für einen König oder so!«, fügte das Kindermädchen hinzu, aber Karl blieb stumm.

Zwei lange, geschwungene Treppen führten rechts und links in den ersten Stock hinauf. *Wunderbare Rutschgeländer!* Frau Honig schmunzelte vor sich hin bei dem Gedanken, mit einem *Hui* von oben nach unten zu rutschen. *Weißer Marmor überall auf dem Fußboden. Zum Schlittern sicher fabelhaft geeignet!*, dachte Frau Honig jetzt und dann fiel ihr Blick auf den großen Kristallleuchter, der in der Mitte dieser Eingangshalle von der

Decke hing. Wieder lächelte sie versonnen, denn sie stellte sich vor, sie würde an diesem Leuchter von rechts nach links schwingen.

Doch gerade als sie Karl fragen wollte, ob er schon einmal gerutscht, geschlittert oder geschwungen wäre, erschien oben an der Treppe ein kleines Mädchen.

»Nein, die Lieferung ist nicht zufriedenstellend. Ich hatte Rosa gesagt und das ist nicht Rosa, das ist Rosé, wenn nicht sogar schon Apricot. Und Apricot trägt heutzutage kein Mensch mehr. Das ist so was von out!« Sie telefonierte, während sie die Treppe herunterkam.

Frau Honig musterte das Mädchen: zehneinhalb Jahre alt, blonde lockige Haare, die allerdings durch ein Glätteisen geglättet worden waren. Sie trug eine hellblaue Rüschenbluse und darunter einen schwarzen Tüllrock. Sie sah aus, als wäre sie gerade unterwegs ins Theater, so herausgeputzt war sie.

Kein Outfit, um auf Bäume zu klettern, schoss es Frau Honig durch den Kopf.

»Kein Aber, ich möchte die Kollektion noch einmal in Rosa. Ich werde mich sicher nicht in Apricot vor die Kamera stellen. Und wenn ich Rosa sage, dann meine ich Rosa. Wiederhören!« Mit diesen Worten legte sie auf und war mittlerweile am Treppenabsatz angekommen. Sie musterte Elsa Honig von oben bis unten.

»Sie sind also mein neues Kindermädchen?«

»Scheint so!«, sagte Frau Honig. »Ich bin Elsa Honig. Die VFFDDFAGI schickt mich.«

»Meines Wissens, haben wir Sie bestellt!«, fuhr das Mädchen dazwischen.

Frau Honig holte Luft. »Na ja, genau genommen lasse ich mich nicht bestellen.« Dann drehte sie ihren Kopf von rechts nach links und stellte sich suchend auf die Zehenspitzen. »Wo sind denn die anderen Kinder?«

»Welche anderen?«, fragte das Mädchen.

Frau Honig zog einen kleinen Zettel aus der Tasche. »Ich soll mich um folgende Kinder hier kümmern: Jolanda, Olivia, Philomena, Viktoria und Penelope.«

»Das bin ich!«

»Das bist du? Ich meine, alle?«, fragte Frau Honig verwirrt. Sie war schon lange nicht mehr so oft verwirrt gewesen wie an diesem Tag.

»Ja, das bin alles ich. Jolanda Olivia Philomena Viktoria Penelope Degenhardt – so heiße ich. Aber Sie können Jolanda zu mir sagen, das reicht vollkommen. Mein Vater ist gerade auf Geschäftsreise und meine Mutter bei der Maniküre. Sie wird bald wieder hier sein, dann können Sie die Formalitäten mit ihr besprechen.«

»Aha!« Frau Honig wandte sich zu Karl, der immer noch wie angewurzelt neben ihr stand. Sie erschrak ein wenig, als dieser plötzlich wieder zu sprechen begann.

»Ich zeige Ihnen Ihr Zimmer!«, sagte er, doch Jolanda hob die Hand.

»Das werde ich ausnahmsweise übernehmen, Karl. Danke.« Sie nickte Frau Honig zu: »Folgen Sie mir!«

Elsa Honig griff nach ihrem Koffer und ihrem Korb und stieg hinter Jolanda Olivia Philomena Viktoria Penelope Degenhardt die Stufen hinauf in den ersten Stock.

»Wieso habt ihr mich erwartet?«, wollte sie wissen, denn diese Frage brannte ihr unter dem Hut.

»Heute ist doch der Erste. Jeden Ersten im Monat kommt ein neues Kindermädchen. Die halten es nicht sehr lange hier im Haus aus«, antwortete das Mädchen.

»Und warum nicht?«

»Wir stellen hohe Ansprüche an das Personal!« Mit diesen Worten öffnete Jolanda eine von vielen Türen eines ewig langen Flures.

»Ich glaube, hier werde ich mich hin und wieder verlaufen!«, murmelte Frau Honig und trat ein.

»Das ist das Kindermädchen-Zimmer. Gefällt es Ihnen? Direkt daneben ist mein Schlafzimmer.«

Frau Honig betrachtete den Raum. »Es ist groß. Hier muss man sich erst mal zurechtfinden.«

»Es ist doch nur ein Zimmer!«, sagte Jolanda.

»Ein großes Zimmer. Ich bin so große Zimmer nicht gewöhnt.«

»Dann gewöhnen Sie sich eben dran! Und hier ist Ihr Badezimmer«, erklärte Jolanda und zeigte auf eine weitere Tür. »Eine Dusche gibt es leider nicht, nur eine Badewanne, denn dies ist ein sehr altes Haus und Duschen hatte man damals noch nicht! Zumindest nicht in den Zimmern des Personals.«

»Das macht nichts!« Frau Honig lächelte. »Ich mach einfach das Fenster auf, hol mir eine Regenwolke rein und lass sie auf mich herabregnen, während ich in der Badewanne sitze!«

Jolanda musterte das Kindermädchen irritiert.

»Regenwolke? Regen? Dusche?«, versuchte Frau Honig zu erklären.

Doch Jolanda schüttelte nur den Kopf. »Ich lasse Sie jetzt allein, dann können Sie sich einrichten!« Eilig verließ das Mädchen das Gästezimmer.

Frau Honig trat an das riesige Fenster und zog die weißen Vorhänge zurück. Vor ihr lag der Garten. So groß wie ein Park. Überall Hecken, die ordentlich zu Würfeln geschnitten waren. Auch alle Bäume waren in Form gebracht. Blumen in exakt gleichen Abständen in Beeten, die alle ebenfalls gleich groß waren. Frau Honig öffnete das Fenster. Die Biene flog auf und sah sich ebenfalls um.

»Wo sind wir hier nur gelandet?«, fragte Frau Honig und schüttelte den Kopf.

Fantasie wohnt überall

Mit dem Bienenkorb in der Hand ging Frau Honig kurze Zeit später zum Nebenzimmer und klopfte an die Tür.

»Herein?«, ertönte dumpf Jolandas Stimme und Frau Honig trat ein.

In diesem Raum stand ein großes Bett, wobei das Wort groß in dieser Geschichte nicht mehr besonders hervorgehoben werden muss, denn hier schien alles groß zu sein. Es gab einen Schreibtisch, auf dem zwei Computerbildschirme standen, einen Fernseher und eine ganze Sofalandschaft mit unzähligen Kissen.

»Wo sind denn deine Spielsachen?«, fragte Frau Honig unsicher.

»Na, im Spielzimmer«, antwortete Jolanda.

»Zeigst du mir das mal?«

»Wozu?«

»Da ich das Kindermädchen bin, muss ich doch wissen, wo ich dich finde.«

»Sie finden mich meistens hier, an meinem Arbeitsplatz.«

Frau Honig nickte langsam. »Aha!«, sagte sie nur. Etwas anderes fiel ihr gerade nicht ein.

Die beiden Hunde, die bis eben noch auf zwei vornehmen Samtkissen gedöst hatten, kamen jetzt auf Frau Honig zu.

»Das sind Wilhelm und Otto, eigentlich Sir Wilhelm und König Ottokar, aber sie hören auch auf die Kurzform!«, stellte Jolanda die beiden vor.

»Freut mich, eure Bekanntschaft zu machen. Ich bin Elsa Honig!« Frau Honig beugte sich zu den Tieren hinunter und schüttelte ihnen die Pfoten.

Die Hunde beschnupperten sie leicht hochnäsig, ließen sich jedoch nicht dazu ermuntern, mit dem Schwanz zu wedeln.

»Wilhelm, Otto, Platz!«, befahl Jolanda, und sogleich trotteten die beiden zurück auf ihre Kissen und legten sich darauf.

»Und das hier ist Amadeus!« Jolanda ging auf einen goldenen Käfig zu.

»Ein hübscher Vogel.« Frau Honig trat ebenfalls näher heran. »Allerdings machen mich Vögel in Käfigen immer ein wenig traurig.«

Doch Jolanda schien diese Anmerkung nicht gehört zu haben, denn Amadeus machte auf einmal so einen Krach, dass man sein eignes Wort fast nicht mehr verstehen konnte.

»Amadeus nervt ziemlich, weil er oft so laut ist – dann kann ich mich gar nicht auf meine Arbeit konzentrieren.« Jolanda verdrehte die Augen.

»Schulaufgaben?«, wollte Frau Honig wissen und wandte dabei den Blick nicht von dem kleinen Vogel ab.

»Nein. Ich betreibe ein sehr erfolgreiches Unternehmen. Ich zähle zu den zwanzig Buiss-Kids dieser Welt!«

»Buiss-Kids?«, fragte Frau Honig erstaunt.

»Business-Kinder, Sie verstehen? Ich habe bereits fünfunddreißig Angestellte, nein, vierunddreißig, denn leider musste ich heute einen meiner Leute entlassen. Er war unfähig, Rosa von Apricot zu unterscheiden.«

»Aber du bist noch ein Kind!«, sagte Frau Honig erstaunt.

»Ja und?« Jolanda strich sich über die langen blonden Haare.

»Kinder sind doch keine Geschäftsleute! Und von Geschäftskindern habe ich noch nie etwas gehört. Kinder sollten spielen«, versuchte Frau Honig ihre Gedanken zu ordnen.

»Das Business ist doch wie ein Spiel. Und dabei kann ich Geld verdienen – viel sogar. Daher kann ich mir alles leisten. Wer kann das schon mit zehn Jahren?«

»Man sollte sich in deinem Alter eher noch leisten können zu spielen, denke ich. Das ist wahrer Reichtum. Es reicht doch, wenn die Eltern einen Beruf haben, der ihnen hoffentlich Spaß macht und mit dem sie obendrein das Geld für die Familie verdienen. Die Zeit, um selbst Geld zu verdienen, ist später. Viel später. Jetzt ist die Zeit, um zu spielen. Um all das zu machen, was ein Kind eben so macht! Alles, was man will!«

»Sehen Sie? Und ich will Geld verdienen. Ich habe meine eigene Kollektion. Hier …« Sie zeigte auf eine der

Wände, an der Fotos von ihr hingen, in verschiedenen Outfits. »Außerdem gehört mir eine Cornflakes-Marke. *Krispy Frispy* – schon mal davon gehört?« Frau Honig schüttelte den Kopf. »Morgen dreh ich einen Werbespot dafür. Und Sie werden mich begleiten. Waren Sie schon mal an einem Set?« Wieder schüttelte Frau Honig den Kopf. Jolanda überreichte ihr einen Stundenplan. »Hier können Sie sehen, was wann in dieser Woche alles geplant ist.«

Das Kindermädchen nahm das Papier entgegen und las: »Werbespotdreh, Reitstunde, Golfunterricht, Etikette …« Sie sah auf. »Und wann ist Schule?«

»Ich habe eine Privatlehrerin, Frau Schwietzke. Sie kommt jeden Morgen, bevor ich meine anderen Termine habe.«

Frau Honig nickte schwach. »Ich glaube, langsam verstehe ich, warum ich hier bin!«, murmelte sie.

»Wie bitte?«, fragte Jolanda, doch Frau Honig lächelte nur.

»Nichts, nichts!«, sagte sie versonnen und verließ nachdenklich das Zimmer.

Frau Honig trat in den Garten. Den Bienenkorb in der Hand. Suchend lief sie umher.

»Es muss doch … das gibt es doch nicht … irgendwo muss doch ein … nein, hier auch nicht …«

»Suchen Sie etwas?«, fragte plötzlich hinter ihr eine Stimme.

Frau Honig fuhr herum. »Zum Glück, Sie sind ein Mensch und nicht wieder eine Sprechanlage!«

Ein Mann stand zwischen den Beeten. Er trug ein kariertes Hemd, Jeans und eine grüne Schürze darüber.

»Sie sind sicher der Gärtner!«, stellte Frau Honig fest und deutete auf die Gießkanne, die er in den Händen hielt.

Der Mann nickte. »Anton«, sagte er schlicht. Er streckte ihr seine Hand entgegen.

Frau Honig schüttelte sie fröhlich. »Honig. Elsa Honig. Ich bin das neue Kindermädchen.«

»Ist schon wieder der Erste des Monats?«, fragte Anton und lächelte. »Wie die Zeit vergeht!«

»Ich suche nach einem Platz für meine Bienen!«, erklärte Frau Honig.

»Bienen?« Antons Augen weiteten sich. »Ich fürchte, hier ist kein Platz für Bienen!«

»Überall sollte Platz für Bienen sein!« Frau Honig klang fast ein wenig eingeschnappt.

Anton ging einen Schritt auf das Kindermädchen zu. Er senkte seine Stimme. »Herr und Frau Degenhardt sind sehr streng, was den Garten betrifft. Sie dulden kein Unkraut und kein Ungeziefer.«

Frau Honig lächelte milde. »Na, dann ist doch alles gut.

Denn Bienen sind ja kein Ungeziefer!« Sie verabschiedete sich von Anton und lief in Richtung Haus zurück. Den Bienenkorb fest in der Hand. Anton hatte den Arm gehoben, um das Kindermädchen aufzuhalten, aber es war schon um die nächste Ecke verschwunden.

»Chrysanthemen, Dahlien, Geranien. Alles keine Bienenblumen! Nicht ein klitzekleiner Löwenzahn …«, murmelte Frau Honig vor sich hin.

Im Haus ging sie die Gänge auf und ab und öffnete dann zielstrebig eine unscheinbare Holztür. Dahinter führte eine Wendeltreppe zu einer Luke. Und als Frau Honig diese aufstieß, blies ihr der Wind um die Ohren. Sie war auf dem Dach. Es war nicht schwer, auf dem First entlangzubalancieren, denn dieser war flach und fiel zum Glück nicht steil ab. Am Kamin der alten Villa gab es ein kleines Plateau.

»Perfekt!« Zufrieden stellte Frau Honig den Bienenkorb auf den Boden. Sie sah sich um. Erneut schüttelte sie den Kopf. »Ungeziefer!«, murmelte sie noch einmal. Die Biene auf der Plastikanemone flog auf und blieb summend vor Frau Honigs Nase stehen. »Flieg los und gib den anderen Bescheid!«, sagte Elsa Honig liebevoll. Doch die Biene zögerte. »Tut mir leid, wir müssen uns den Umständen anpassen!« Da schwirrte die Biene los. Versonnen blickte Frau Honig ihr hinterher, dann zog sie aus dem Bienenkorb einen weiteren und daraus noch einen. Bis sechs wunderschöne Bienenkörbe, die wie Matroschka-Puppen immer kleiner wurden, dicht gedrängt nebeneinander auf der kleinen Plattform standen.

Ein paar Sekunden später erschien eine große dunkle Wolke am Himmel. Frau Honig winkte ihr zu und deutete auf die Bienenkörbe auf dem Dach vor ihr.

Die Wolke zögerte. Bei genauem Hinsehen konnte man erkennen, dass es sich nicht um eine Wolke, sondern um einen Bienenschwarm handelte.

»Na macht schon, es ist nicht gerade eine grüne Oase, aber wir werden uns schon eingewöhnen.«

Die Bienenwolke öffnete sich, sechs Königinnen flogen aus der Mitte heraus und summten langsam und stolz in die Öffnungen der Körbe hinein.

»Ihr braucht gar nicht so zu tun! Auch ich muss mich an die neue Umgebung und die Gegebenheiten gewöhnen.«

Und mit einem Sssssssst sausten nun auch die anderen Bienen auf die Stöcke zu. Es war ein kleines Gedränge, da es ja ganze sechs Völker waren und sich die Bienen erst einmal klar werden mussten, in welchen Korb, beziehungsweise zu welcher Königin, wer gehörte. Frau Honig schüttelte den Kopf. »Das nächste Mal kommt einfach nach Stöcken geordnet, dann haben wir hier vor den Körben nicht so ein Kuddelmuddel.« Doch ein bisschen musste sie auch über ihre chaotischen Bienen lachen.

Sobald alle Bienen in ihren Stock gefunden hatten, stieg Frau Honig die Wendeltreppe wieder hinunter.

Als Jolanda ein wenig später Frau Honigs Zimmer betrat, staunte sie nicht schlecht. Frau Honig hatte einige Schnüre kreuz und quer durch das riesige Zimmer gespannt. Hier und da waren Leintücher mit Wäscheklammern aufgehängt.

»Was machen Sie denn da?«, fragte Jolanda. »Haben Sie die zum Trocknen aufgehängt?«

»Nein, das Zimmer war mir nun doch etwas zu groß. Ich hatte Angst, mich verloren zu fühlen. Da habe ich gedacht, ich mache aus diesem großen Zimmer ein paar kleinere. Hier habe ich mein Bett abgetrennt und dort ist nun mein Wohnzimmerchen.«

Verständnislos blickte Jolanda von einem Leintuch zum anderen.

In diesem Moment öffnete sich die kleine Tür der Kuckucksuhr. Der Kuckuck schaute heraus und flog einmal im Zimmer herum. Dabei rief er: »Kuckuck, Kuckuck, Kuckuck, Kuckuck!« Frau Honig folgte ihm mit den Augen, dann lächelte sie Jolanda an. »Das ist Caruso, mein Kuckuck. Er sagt mir immer, wie viel Uhr es ist.«

»Das haben Kuckucksuhren so an sich!« Jolanda schien völlig unbeeindruckt.

So unbeeindruckt, dass Frau Honig noch einmal nachhakte. »Findest du es nicht lustig, dass mein Kuckuck fliegen kann?«

»Pff!«, machte Jolanda. »Ich bin zehn Jahre alt. Da weiß man, dass in Kuckucksuhren keine echten Vögel wohnen!«

Frau Honig war fassungslos. »Dann hast du ihn gar nicht fliegen sehen?«

Jolanda lachte auf. Sie schien es nicht für nötig zu halten, auf diese Frage zu antworten. »Um fünf gibt es Abendessen. Im Salon. Meine Mutter erwartet stets Pünktlichkeit.«

»Pünktlichkeit!«, wiederholte Frau Honig leise. Sie konnte es immer noch nicht glauben, dass Jolanda den Kuckucksflug nicht bemerkt hatte.

Fantasie kann man nicht im Laden kaufen

»Und wo kommen Sie her?«, fragte Frau Degenhardt beim Abendessen.

Es war ein langer Tisch und Frau Honig musste laut sprechen, damit ihre Worte bei Jolandas Mutter ankamen.

Karl trug die Speisen auf.

»Ach, eigentlich von überall und nirgends, wie man es sehen mag. Ich bin ja viel unterwegs!«, erklärte Frau Honig und pickte mit ihrer Gabel eine Erbse auf. »Das mit den Erbsen ist gar nicht so einfach!«, lachte sie.

Jolanda und ihre Mutter wechselten einen Blick.

Und genau in diesem Moment rutschte Frau Honigs Gabel an der Erbse ab und diese flog in hohem Bogen über den Tisch, hinein in die aufgetürmten Haare von Frau Degenhardt, die dies jedoch nicht bemerkte.

Frau Honig sah mit großen Augen zu Jolanda. Doch diese blickte das Kindermädchen nur streng an.

»Ich habe immer gedacht, Erbsen können nicht fliegen!«, flüsterte sie Jolanda zu und kicherte. Aber das Mädchen zuckte nicht einmal mit der Augenbraue.

Frau Degenhardt pickte die Erbsen auf ihrem Teller gekonnt auf und ließ sie in ihrem mit hellrosa Lippenstift bemalten Mund verschwinden. Mit der Erbse im Haar sprach sie weiter. »Sie haben hier freie Hand, was Jolanda betrifft. Ich habe Ihre Referenzen gelesen und muss sagen, so ein perfekt ausgebildetes Kindermädchen hatten wir selten.«

Jolanda musterte Frau Honig skeptisch. Sie hatte wohl weniger den Eindruck, dass ihr ein besonders fähiges Kindermädchen gegenübersaß. Auch Frau Honig guckte etwas irritiert.

»Den Plan haben Sie ja bereits. Sie werden Jolanda überallhin begleiten. Und Sie werden sehen, meine Tochter ist sehr gut erzogen, Sie werden also keine Schwierigkeiten haben.«

Wieder pikte Frau Honig mit der Gabel in eine Erbse. Diesmal gelang es ihr.

»Und was machen Sie so den lieben langen Tag, Frau Degenhardt?«, fragte Frau Honig fröhlich und sah den Tisch entlang ans andere Ende, an dem Jolandas Mutter saß.

»Ich habe immer zu tun, leider. Morgen werde ich nach Zürich fliegen. Ich habe dort einen unglaublichen Mantel gesehen. Den muss ich unbedingt haben. Natürlich werde ich ihn erst anprobieren und ich hoffe, dass er mir nicht steht, denn er ist sehr, sehr teuer. Aber das Schlimme ist, dass mir leider alles steht.« Sie lächelte bedauernd und hob die Schultern.

»Ich liebe ja gelbe Kleidung!«, versuchte Frau Honig das Gespräch fortzuführen, denn sie wusste nicht, was sie darauf antworten sollte.

Und da wiederum Frau Degenhardt nicht wusste, was sie auf Frau Honigs Bemerkung erwidern sollte, wechselte sie einfach das Thema. »Meine Tochter besitzt bereits eine eigene Firma. Na ja, es ist die Tochterfirma meines Mannes, ein lustiges Wortspiel in diesem Fall. Genauer gesagt leitet mein Mann eines der größten Unternehmen für Frühstücksflocken und Müsliriegel. Meiner Tochter gehört die Sparte *Krispy Frispy*«, erklärte sie stolz. »Schon mal davon gehört?«

Frau Honig schüttelte den Kopf.

»Sweety, sag doch mal den Spruch!«, forderte Frau Degenhardt ihre Tochter auf. »Den Werbeslogan!«

Jolanda tupfte sich mit der Serviette den Mund ab und setzte ein gekünsteltes Lächeln auf. Mit einer noch gekünstelteren Stimme begann sie: »Fühlst du dich pausenlos ausgepowert? Bist du fix und fertig? Bist du oft aus der Puste? Brauchst du eine Pause? Dann hab ich das perfekte Rezept für dich. Krispy Frispy, die Cornflakes, die dich peppig machen. Geben Kraft und passen perfekt zum Frühstück. Mmmmmh. Fabelhaft! Krispy Frispy! Ohne künstliche Farbstoffe. Probiert sie doch einfach!«

Frau Degenhardt sah voller Stolz auf ihre Tochter.

Frau Honig verschluckte sich an einer Erbse. Sie hustete. »Dann werde ich wohl morgen beim Frühstück in den Genuss kommen, diese Schrisby-Missby mal kosten zu können.« Sie räusperte sich und trank schnell ein paar Schlucke Wasser.

Jolanda schüttelte den Kopf. »Wir essen die nicht!«

»Und warum nicht?«, fragte Frau Honig erstaunt. »Sie scheinen doch perfekt zu sein und fabelhaft dazu!«

»Sie schmecken mir nicht und ich möchte nicht so viel Zucker zu mir nehmen, wissen Sie?«, antwortete Jolanda und Frau Degenhardt nickte.

»Jolanda ist so vernünftig! Für unser Kind nur das Beste und auf keinen Fall zu viel Süßes«, bestätigte sie.

»Aber dann sind diese Frühstücksflocken doch auch für andere Kinder nicht gesund«, überlegte Frau Honig.

»Na ja, sie sind außerordentlich beliebt und verkaufen sich ausgezeichnet. Das ist das, was für eine Firma zählt!«, referierte Frau Degenhardt mit einem aufgesetzten Lächeln.

»Ja aber, es wäre doch besser, all die Kinder da draußen würden etwas Gesundes essen!«

»Sie müssten es ja nicht kaufen. Jeder kann für sich selbst entscheiden!« Jolanda klang erneut wie eine Erwachsene.

Frau Honig sah das Kind seltsam berührt an. »Ich finde, jeder trägt auch Verantwortung für den anderen!«, sagte sie leise, doch Frau Degenhardt und Jolanda waren bereits in ein anderes Thema vertieft.

Karl, der Butler, füllte erneut Frau Honigs Wasserglas. Eine zierliche dunkelhaarige Frau betrat mit einem Tablett den Speiseraum.

»Das ist Mechthild, die Köchin!«, stellte Frau Degenhardt die junge Frau vor.

»Freut mich wirklich sehr, ich bin Elsa Honig.« Frau Honig gab Mechthild die Hand. »Ihre Erbsen waren ganz ausgezeichnet!«, lobte sie.

Mechthild machte einen kleinen Knicks und lächelte Frau Honig an. »Vielen Dank! Das Geheimnis ist der Estragon, den hat Anton ganz frisch im Garten gepflückt.«

Frau Honigs Gesicht hellte sich auf. »Es gibt also doch Kräuter im Garten? Ich habe noch nirgendwo welche gesehen!«

Aber bevor die Köchin antworten konnte, schnipste Jolanda mit den Fingern. »Nachtisch bitte!«

Sogleich eilte Mechthild mit dem Tablett, auf dem sich kleine Schälchen mit Himbeerjoghurt befanden, zu ihr.

Jolanda griff sich zwei Schälchen gleichzeitig und erntete einen strengen Blick ihrer Mutter.

»Jolanda?«, mahnte sie mit hochgezogenen Augenbrauen und Jolanda blickte entschuldigend zu Mechthild. Dann nahm sie nur ein Schälchen vom Tablett. Den kleinen Finger vornehm abgespreizt. Frau Degenhardt nickte ihr wohlwollend zu.

Fantasie lässt dich fliegen

Als Frau Honig am Abend zu Jolanda ins Zimmer ging, um sie daran zu erinnern, dass es langsam Zeit fürs Bett wurde, war Jolanda bereits völlig erschöpft eingeschlafen. Ihr Kopf lag auf der Schreibtischplatte.

Frau Honig zog vorsichtig das Blatt mit dem Text für den Werbespot unter ihr hervor. Sie las leise: »*Krispy Frispy, die Cornflakes, die dich peppig machen.* So ein Unsinn!« Dann flüsterte sie dem Mädchen leise ins Ohr: »Jolanda, wach auf. Im Bett kannst du sicher besser schlafen als auf dem Schreibtisch.«

Jolanda öffnete die Augen und sah sich schlaftrunken um. »Was?«, sagte sie müde.

»Ich bring dich jetzt ins Bett!« Frau Honig strich dem Mädchen liebevoll über den blonden Schopf und half ihm aufzustehen.

»Ich muss mir noch die Haare eindrehen. Ich hab doch morgen den Werbespot!«, fiel Jolanda plötzlich ein und war wieder hellwach.

Frau Honig überlegte. »Willst du vielleicht auf dem

fliegenden Teppich ins Bad fliegen?«, fragte sie verschmitzt.

Das Mädchen blickte sie verständnislos an. »Wie bitte?«

Frau Honig griff nach dem kleinen Teppich, der vor dem Schreibtisch auf dem Boden lag. »Perfekt!«, sagte sie, dann rief sie in einem undefinierbaren ausländischen Akzent, so wie sie es schon oft getan hatte: »Derrr fliegendä Teppisch, derrr fliegendä Teppisch, alles ainstaigän, Türren schließän, Vorrrsicht bei die Abflug!« Ihre Rs rollten lustig auf der Zunge. Jolanda sah das Kindermädchen immer noch verwirrt an. Dieses deutete mit einer einladenden Geste auf den Teppich und wiederholte: »Alles ainstaigän!«

Und obwohl Jolanda alles sehr komisch vorkam, setzte sie sich auf den Teppich.

»Bitte anschnallön!«

Doch Jolanda machte keine Anstalten, Frau Honigs Anweisung zu befolgen, da es ja weit und breit keine Anschnallgurte gab und Jolanda langsam ein bisschen genervt war von dem seltsamen Kindermädchen und seinen Einfällen.

Frau Honig seufzte, griff nach einem nicht vorhandenen Gurt und ließ die unsichtbaren Schnallen einklinken.

»Türren schließän!«, wiederholte Frau Honig, und wieder saß Jolanda stocksteif auf dem Teppich und starrte das Kindermädchen nur wortlos an. Also übernahm

Frau Honig auch die unsichtbare Tür, die schließlich mit einem Quietschen, das aber nur Frau Honig zu hören schien, ins Schloss fiel.

»Muss mal geölt werden!«, stellte sie fest und fuhr fort: »Vorrrsicht bei die Abflug!«

»Warum reden Sie auf einmal so komisch?«, fragte Jolanda, die endlich ihre Sprache wiedergefunden hatte. »Und außerdem heißt es bei *dem* Abflug und nicht bei *die* Abflug!«, berichtigte sie.

Frau Honig horchte irritiert auf. Doch dann huschte erneut ein Lächeln über ihr Gesicht. Voller Vorfreude auf den Flug des fliegenden Teppichs sah sie gespannt zu Jolanda. Doch nichts rührte sich. »Pass auf, jetzt gleich fliegt er los!«, flüsterte Frau Honig und gluckste. Aber es passierte noch immer nichts.

»Pff!«, machte Jolanda.

Frau Honig starrte fassungslos auf den Teppich, der keinen Millimeter vom Boden abhob.

»Du bist zu schwer. Du hast scheinbar nicht nur deine Fantasie verloren, sondern all die wundervolle Leichtigkeit eines Kindes«, stellte sie enttäuscht fest.

Jolanda verdrehte wie schon so oft an diesem Tag die Augen. »Und Sie haben nicht alle Tassen im Schrank«, murmelte sie.

»Doch, die Tassen sind alle noch da, wenngleich die ein oder andere leider einen Sprung hat …«

»Pff!«, machte Jolanda erneut. »Sie denken doch wohl nicht im Ernst, dass ich noch an fliegende Teppiche glaube! Ich bin zehn Jahre alt, Frau Honig, und kein Kleinkind mehr!« Abrupt stand sie auf und verschwand im Bad.

Die Hunde ruhten auf ihren vornehmen Kissen und blickten das Kindermädchen mitleidig an.

»Wollt ihr es mal versuchen?«, fragte sie die beiden, doch die schienen genauso wenig Interesse an einem fliegenden Teppich zu haben wie ihr Frauchen. »Ein Kind, das kein Kind mehr ist, und Hunde, die keine Hunde sind!«, seufzte Frau Honig.

Kurze Zeit später kam Jolanda mit Lockenwicklern im Haar und rosafarbenem Nachthemd aus dem Badezimmer.

Frau Honig hob die Bettdecke an. »Na, dann rein mit dir!«, sagte sie mit sanfter Stimme, und Jolanda schlüpfte ins Bett. »Hast du denn kein Plüschtier zum Schlafen?«

»Ich brauch so was nicht. Ich bin …«, begann Jolanda.

»Du bist zehn Jahre alt und kein Kleinkind mehr, ich weiß! Aber schau mal, ist das nicht dein kleiner Freund

Wolli aus deiner Kindergartenzeit?« Frau Honig deutete hinüber zum Regal, wo sich plötzlich eine Schublade öffnete und ein schon ziemlich mitgenommenes Plüschschaf herausguckte. In null Komma nichts war es aus der Schublade geklettert und hüpfte auf Jolandas Bett.

»Wo kommt Wolli denn so plötzlich her? Den hab ich seit Jahren nicht mehr gesehen?« Jolanda nahm das Schäfchen in die Hand und betrachtete es. Ein klitzekleines Lächeln umspielte ihr Gesicht. Doch so schnell, wie es gekommen war, so schnell war es auch wieder verflogen. »Woher wissen Sie seinen Namen?«, fragte sie skeptisch.

»Er hat ihn mir gesagt«, antwortete Frau Honig.

»Pff!«, machte Jolanda und dann sah sie ihr Schäfchen mitleidig an. »Das war auch schon mal schöner!«

»Es hat eben einiges erlebt. Die Abenteuer von Burg Riesengries, der Flug zum Mond in der Mondrakete und die unzähligen Schatzsuchen in den Buchsbüschen …«, begann Frau Honig zu erzählen.

»Ich kann mich nicht erinnern!«, behauptete Jolanda, drückte Frau Honig das Plüschtier in die Hand und schlüpfte unter die Decke. »Das sollte mal gewaschen werden. Es müffelt!«

»Ich kümmere mich drum. Aber Waschmaschinen mögen Plüschtiere nicht besonders, ich werde es von Hand waschen!« Frau Honig sah das graue Schäfchen, das irgendwann einmal weiß gewesen war, liebevoll an.

»Plüschtiere sind nicht lebendig. Es ist ihnen egal, wie sie gewaschen werden.« Langsam war Jolanda mit ihrer Geduld am Ende.

»Nun gut!«, sagte das Kindermädchen und ging Richtung Tür. Dort drehte es sich noch einmal um. »Willst du vielleicht wenigstens das Licht auspusten?«, versuchte es Frau Honig ein letztes Mal vorsichtig.

»Pff!«, machte Jolanda und das Licht erlosch.

»Gut gemacht!« Zufrieden lächelnd verließ Frau Honig das Zimmer.

Fantasie entsteht im Kopf

Frau Honigs erste Aufgabe war es an diesem Morgen, mit den Hunden Gassi zu gehen. Sie schlich in Jolandas Zimmer, um sie nicht zu wecken, aber das Mädchen war bereits im Badezimmer und machte sich für ihren großen Tag fertig. Voller Tatendrang schnappte sich Frau Honig die beiden Leinen, die an der Tür hingen, und lief auf die Hunde zu.

»Na kommt, ihr zwei. Wir gehen in den Garten!«

Doch von Vorfreude keine Spur. Sir Wilhelm wedelte nur langsam mit dem Schwanz und erhob sich träge, während Otto keinerlei Anstalten machte, sich zu bewegen.

»Na auf, zack-zack und hoppladihoppo! Der Morgentau wartet darauf, weggeschlabbert zu werden!«

Otto regte sich immer noch nicht. Er sah Frau Honig lediglich geringschätzig an.

»Sie müssen Bitte sagen!«, ertönte Jolandas Stimme aus dem Badezimmer.

»Oh, ach so!«, antwortete Frau Honig, dann machte

sie eine kleine Verbeugung. »Bitte, Sir Wilhelm, und bitte, König Ottokar, hätten Sie wohl die unendliche Güte, mit mir Gassi zu gehen?« Und schon hob Otto den Kopf und kam auf Frau Honig zugedackelt. »Vielen Dank für Ihr Entgegenkommen!« Frau Honig kicherte in sich hinein. Dann leinte sie die beiden Hunde an und führte sie die Treppe hinunter zum Garten. Ein Stückchen ließ sie die Hunde an der Leine, bis sie auf einer größeren Wiese angekommen waren, dann machte sie sie los. »Und jetzt lauft und habt Spaß!«, forderte sie sie auf. Doch beide trotteten hoch erhobenen Hauptes neben Frau Honig her. »Was seid ihr? Batteriebetriebene Stofftiere? Wandelnde Statuen? Menschen in Hundekostümen? Also eines steht fest: Hunde seid ihr nicht. Ihr müsst doch schnüffeln und hecheln und eben einfach alles tun, was Hunde nun mal so tun.« Aber selbst Frau Honigs kleine Ansprache brachte Wilhelm und Otto nicht aus der Ruhe.

Da kam ein kleines Eichhörnchen vorbei. Es sprang von einem Baum herunter, blieb vor den Hunden stehen und legte den Kopf schief. Ein kleines bisschen schien es zu grinsen.

»Da seht ihr's! Sogar die Eichhörnchen lachen schon über euch! Was mich nicht wundert. Wo ist denn euer Jagdinstinkt? Hinterher! Das würde ich mir an eurer Stelle nicht gefallen lassen!« Nicht dass Frau Honig wollte, dass die Hunde das Eichhörnchen wirklich erwischen sollten, sie war sich sicher, dass das Eichhörnchen um einiges schneller war. Aber Hunde waren nun mal Hunde und die sollten laufen und jagen und ihren Spaß haben. Sie sah nachdenklich von einem zum anderen. »Hier im Haus ist wirklich einiges zu tun. Um euch werde ich mich auch noch kümmern!«

Nach ein paar Runden im Kreis leinte Frau Honig die Hunde wieder an und führte sie zurück ins Haus.

Kurze Zeit später saß Jolanda aufgeregt mit den Beinen wippend beim Frühstück. Auch Frau Degenhardt wartete bereits am Tisch. Außer Atem hastete Frau Honig herein und setzte sich ebenfalls.

»Wir dulden kein Zuspätkommen!«, tadelte die Hausherrin.

»Es tut mir leid, ich musste noch ein ernstes Wörtchen mit den Hunden sprechen!«, verteidigte sich das Kindermädchen.

»Haben Sie etwas angestellt?«, fragte Frau Degenhardt und nahm einen Schluck Tee.

»Im Gegenteil!«, antwortete Frau Honig.

»Jolanda, hör bitte auf zu zappeln!«, mahnte ihre Mutter.

»Ich bin aber so aufgeregt!«, erwiderte das Mädchen und versuchte still zu sitzen.

»Ein Auftritt fürs Fernsehen ist immer aufregend. Aber bisher hast du doch alle Drehs gut gemeistert, mein Schatz!«

»Wer ist hier aufgeregt?«, fragte eine männliche Stimme und kurz darauf erschien ein dunkelhaariger hochgewachsener Mann im Speisesaal.

»Papa! Guten Morgen!«, rief Jolanda mit leuchtenden Augen und gab ihrem Vater einen Kuss.

Herrn Degenhardts Blick wanderte zu Frau Honig. »Und Sie müssen Frau Honig sein. Herzlich willkommen im Hause Degenhardt!«, grüßte er freundlich und reichte dem Kindermädchen die Hand. »Ich hoffe, Sie bleiben ein bisschen länger als Ihre Vorgängerinnen!« Ein Lächeln umspielte seine Mundwinkel.

»Ich bleibe so lange, bis meine Arbeit hier getan ist!«, versprach Frau Honig.

»Wir werden uns nicht oft zu Gesicht bekommen, denn ich bin meist schon in der Firma, wenn Jolanda aufsteht, und oftmals noch in der Firma, wenn sie zu Bett geht. Außerdem bin ich viel unterwegs auf Geschäftsreisen in der ganzen Welt. Meine Frühstückscerealien sind international gefragt, wissen Sie?«

»Verstehe!« Frau Honig lächelte und fügte hinzu: »Ich würde ja liebend gern von Ihren Frühstücksflocken kosten!«

»Wie gesagt, wir essen die nicht – zu viel Zucker!«, antworteten Jolanda, Frau und Herr Degenhardt wie aus einem Mund.

»Aha, verstehe, wie auch Jolandas Schrisby-Frisben!«, sagte Frau Honig nickend.

»Krispy Frispys!«, verbesserte Familie Degenhardt im Chor.

»Ja, sag ich doch, Krisby-Dings!«

»Papa, heute ist mein Werbespot-Dreh!«, berichtete Jolanda aufgeregt, und Frau Honig genoss die kindliche Vorfreude in Jolandas Stimme, die sie bisher vermisst hatte.

»Kannst du deinen Text?«, fragte Herr Degenhardt seine Tochter. Jolanda nickte. Sie wollte ihn gerade aufsagen, da hob ihr Vater die Hand. »Nicht jetzt, Liebling. Nicht jetzt. Ich muss los, bin schon viel zu spät dran. Aber ich bin mir sicher, du wirst umwerfend sein!« Er gab seiner Tochter einen Kuss auf die Stirn, nickte Frau Honig zu und verließ das Speisezimmer. Seine Frau brachte ihn zur Tür der Villa, um ihn dort zu verabschieden.

»Vater hat immer viel zu tun. Aber dafür können wir uns so eine wunderschöne Villa leisten. Das ist ein Privileg!«, erklärte Jolanda.

»Weißt du denn schon, was ein Privileg ist?«, fragte Frau Honig.

»Ein Privileg ist ein Vorrecht, das nur wenigen Menschen zuteil wird. Viele können sich nicht mal ein Haus leisten und müssen in einer Wohnung wohnen.«

»Ich glaube, es kommt gar nicht so sehr darauf an, *wo* du wohnst, sondern *wie!*«, sagte Frau Honig. »Glücklich kannst du überall sein. Eine Villa ist keine Garantie für ein glückliches Leben!«

»So sprechen nur die Neider«, konterte Jolanda. »Meine Eltern haben mir früh beigebracht, dass die Welt von Neidern nur so wimmelt! Wir sind sehr reich, Frau Honig. Und wer reich ist, muss eben mit Neidern leben.«

»Manche Menschen, die ärmer sind, sind reicher!«, murmelte Frau Honig vor sich hin und dachte an die vielen Familien, in denen sie bereits Kindermädchen gewesen war und die mit wenigen Dingen überaus glücklich und zufrieden lebten.

Es hupte. »Das ist Eugen, unser Chauffeur. Er erwartet uns bereits. Wir sollten uns beeilen, denn wir müssen pünktlich im Studio sein. Wollten Sie sich nicht noch umziehen?«

Frau Honig sah an sich hinunter. »Ich bin bereits umgezogen!«

Jolanda rümpfte die Nase. »Na ja, die neueste Mode ist das nicht gerade, aber gut!«

»Ich liebe meine gelbe Kleidung!«

Doch Jolanda war schon aufgesprungen. Karl räumte den Tisch ab.

»Was, denken Sie, ist falsch an meiner Kleidung?«, fragte sie den Butler.

Dieser musterte Frau Honig. »Sie ist gelb!«, sagte er schlicht.

»Danke. Na, dann ist ja alles in bester Ordnung!« Fröhlich verabschiedete sie sich von Karl und verließ ebenfalls den Raum.

Eugen, der Chauffeur, war ein stiller junger Mann. Er hatte einen schwarzen Anzug an und eine Chauffeurmütze auf dem Kopf. Er hielt Jolanda und Frau Honig die Tür der dunkelblauen Limousine auf.

»Honig. Elsa Honig!«, stellte sich Frau Honig vor, bevor sie in den Wagen stieg.

»Eugen. Einfach nur Eugen!«, antwortete der Fahrer.

»Ins Studio, Eugen!«, wies ihn Jolanda an, und Frau

Honig testete die weichen Sitzpolster, indem sie auf und ab wippte.

Eugen blickte schmunzelnd in den Rückspiegel.

»Weich genug?«, fragte er und das Kindermädchen hob den Daumen.

»Zum Hüpfen ideal!«

Eugen lachte leise.

Gedreht wurde in einer riesigen Halle. Von der hohen Decke hingen unzählige Lampen herunter. Einige waren auf eine kleine Kulisse gerichtet. Die Lichter waren so hell, dass die Hitze, die dadurch entstand, schon fast nicht mehr auszuhalten war.

Frau Honig zog ihre gelbe Strickjacke aus und wedelte sich mit einem Werbeprospekt, den ihr ein Aufnahmeleiter zu Beginn in die Hand gedrückt hatte, Luft zu. Auf der Titelseite lächelte ihr Jolanda mit strahlend weißen Zähnen entgegen. Sie hielt eine Schüssel mit Cornflakes in der Hand. *Die Cornflakes, die dich peppig machen,* stand in greller Schrift darüber.

Frau Honig betrachtete aufmerksam die Kulisse, die sie ein wenig an das Zimmer einer Puppenstube erinnerte, denn sie hatte nur drei Wände. Alles war rosa. Ein Tisch mit rosafarbener Tischdecke, an dem Jolanda bereits saß, stand in der Mitte, eine rosafarbene Schüssel und ein rosafarbener Löffel lagen darauf. Und Jolanda war ebenfalls von oben bis unten rosa angezogen. Die blonden Haare waren mit – man muss es fast nicht erwähnen – rosafarbenen Schleifen zu zwei Zöpfen zusammengebunden. Selbst die Frühstücksflocken waren rosa.

Alle Augen waren nur auf Jolanda gerichtet. Hier wurden ihre Haarspitzen noch einmal mit einem Lockenstab gelockt und da die Nase mit Puder gepudert. So lange, bis man fast keine Nase mehr erkennen konnte.

»Darf man in der Werbung keine Nasen haben oder warum wird Jolandas Nase weggepudert?«, fragte Frau Honig. Und da sie diese Frage mehr an sich selbst gerichtet hatte, war sie höchst erstaunt, als sie eine Antwort bekam.

»Sie darf auf keinen Fall glänzen!«, flüsterte eine kleine rundliche Frau neben Frau Honig, die sie erst jetzt bemerkt hatte.

»Warum denn nicht? Ist Glänzen was Schlechtes? Also ich glänze gerne!«

Die Frau kicherte. »Ich mag es auch gern, wenn alles glänzt. Sonst wäre ich ja nicht Putzfrau geworden. Was wäre ich wütend, wenn jemand meine Böden pudern würde, die ich gerade mit viel Mühe zum Glänzen gebracht habe!«

Jetzt wurde es ernst. Eine Sirene ertönte, die wohl den Beginn des Drehs ankündigte. In diesem Moment sprangen alle, die eben noch um Jolanda herumgehüpft waren, aus der Kulisse, und nun stand Jolanda ganz allein in der Puppenstube.

Der Regisseur rief: »Kamera!«

Der Kameramann antwortete: »Läuft!«

Der Regisseur rief daraufhin: »Und bitte!«

Jolanda knipste ihr seltsames Lächeln an, bei dem ihre weißen Zähne zum Vorschein kamen. Sie hielt die Schale mit den Cornflakes in die Höhe und begann mit einer Stimme, die auf einmal klang wie Micky Maus: »Fühlst du dich pausenlos ausgepowert? Bist du fix und fertig? Bist du oft aus der Puste? Brauchst du eine Pause? Dann hab ich das perfekte Rezept für dich. Krispy Frispy, die

Cornflakes, die dich peppig machen. Geben Kraft und passen perfekt zum Frühstück.« Jetzt nahm sie einen Löffelvoll in den Mund. »Mmmmmh. Fabelhaft!« Sie schloss genüsslich die Augen. »Krispy Frispy! Ohne künstliche Farbstoffe. Probiert sie doch einfach!«

Jolanda lächelte weiter wie eingefroren in die Kamera, bis der Regisseur »Aus, danke!«, sagte. »Das war schon ganz gut, Schätzchen, aber wir machen noch eine! Pudert ihr noch mal die Nase ab, bitte!«

Ein Mitarbeiter reichte Jolanda einen Eimer und diese spuckte die restlichen rosafarbenen Cornflakes, die sie noch im Mund hatte, hinein.

Frau Honig saß geduldig da und beobachtete alles genau. Eine Aufnahme um die andere wurde gemacht. Für Frau Honig sah jede genau gleich aus.

Nach einer Weile konnte auch sie den Text auswendig und sprach ihn leise, aber gelangweilt mit.

Als Frau Honig schließlich sogar die Lust zum Mitsprechen verging, schoss ihr ein Gedanke durch den Kopf. »Aus Langeweile entstehen die kreativsten Dinge!« Frau Honig sah hinauf zu den riesigen Lampen.

Die kleine Putzfrau neben ihr folgte ihrem Blick. »Die würde ich zu gern mal putzen!«, flüsterte sie voller Hingabe. »Einmal da oben rumschweben mit einem Staubwedel in der Hand. Die Lampen müssten nur halb so stark strahlen, wenn ihre Gläser nicht so staubig wären.

Da war schon jahrelang niemand mehr oben und hat für Sauberkeit gesorgt.« Die Putzfrau seufzte.

Da lächelte Frau Honig und stand leise auf. An der Wand des Studios lehnten einige zusammengerollte Teppiche. Frau Honig schlich sich hinüber, entrollte einen davon und begutachtete ihn mit prüfendem Blick. Schon lange hatte sie keine Teppiche mehr fliegen lassen. Die Flugaktion am Vorabend war einfach nur enttäuschend gewesen. Noch immer konnte Frau Honig nicht verstehen, dass es Kinder gab, die nicht genügend Leichtigkeit hatten für einen fliegenden Teppich. Und auch wenn die rundliche Putzfrau mit Sicherheit viel mehr wog als Jolanda, konnte Frau Honig einem Versuch nicht widerstehen. »Alles ainstaigän!«, flüsterte sie der kleinen Frau zu. »Nächsterrr Halt, das 1000-Lampen-Land!«

»Meinen Sie mich?«, fragte die Putzfrau und drehte sich um, ob vielleicht noch jemand hinter ihr stand, der gemeint sein könnte.

»Wen sonst?«, fragte Frau Honig zurück.

Und ohne zu zögern, mit einem kindlichen Lächeln auf den Lippen, setzte sich die Putzfrau auf den Teppich.

»Türren schließän!«, wies das Kindermädchen, so leise es konnte, seinen Fluggast an. Denn noch immer war der Dreh nicht zu Ende und Jolanda spulte ihren Text wieder und wieder wie eine endlose Schallplatte ab.

Die Putzfrau schloss die imaginäre Tür.

»Anschnallön!«, wisperte Frau Honig.

Die Putzfrau atmete einmal tief ein und aus, griff nach dem unsichtbaren Gurt und sah voller Vorfreude nach oben. Ihren Lappen hatte sie fest in der Hand, einen Staubwedel unter den Arm geklemmt und einen Eimer neben sich auf dem Teppich.

»Vorrsicht bei die Abflug!« Frau Honig schmunzelte.

Das Gesicht der kleinen Frau wirkte auf einmal wie das eines Kindes. Ein breites Lächeln ging von einem zum anderen Ohr.

Und dann hob sich der Teppich tatsächlich an. Höher und höher stieg er.

Frau Honig blickte ihm nach, bis er nur noch ein kleiner rechteckiger Fleck an der hohen Studiodecke war. Da entfuhr ihr ein kleiner Quieker, woraufhin sich das gesamte Team zu ihr umdrehte und sie mit ermahnenden Blicken darauf hinwies, still zu sein.

Unbemerkt flog der Teppich die Putzfrau von einer Lampe zur anderen und diese wedelte und putzte. Frau Honig sah sich um. Doch niemand der Anwesenden achtete auf das, was sich über ihren Köpfen abspielte.

»Seltsam!«, fand Frau Honig. »Äußerst seltsam!« Alle waren so damit beschäftigt, die Cornflakes ins richtige Licht zu rücken, dass wohl alles andere unwichtig schien.

Nach einiger Zeit war der Regisseur endlich zufrieden.

Im selben Moment landete die kleine Putzfrau mit einem Eimer voller Dreckwasser und leuchtenden Augen wieder am Boden.

»Das war unbeschreiblich! Ich habe schon lange nicht mehr so viel Spaß bei der Arbeit gehabt!«, rief sie fröhlich aus.

»Danke!«, sagte Jolanda, die das Kompliment auf sich bezog.

Frau Honig zwinkerte der kleinen Putzfrau zu.

»Wieso ist es plötzlich so hell?«, fragte der Regisseur und blickte zu den Lampen hinauf. »Kann man die etwas dunkler machen?«

Die Putzfrau warf ihm einen vernichtenden Blick zu, griff nach ihrem Eimer und verließ das Studio.

»Hat es Ihnen gefallen, Frau Honig?«, fragte Jolanda, als sie auf dem Weg zurück in die Villa waren.

»Na ja, es war, wie soll ich sagen … Alles wirkte etwas künstlich. Es war gar nichts echt. Nicht einmal die Blumen vor dem Fenster der Kulisse.«

»So ist das eben beim Film.«

»Und warum hast du immer alles wieder ausgespuckt, was du gegessen hast. Sollte man nicht sein eigenes Produkt lieben, um es mit Herzblut verkaufen zu können? Ich zum Beispiel liebe den Honig, den meine Bienen machen, sehr.«

»Ich habe Ihnen das doch bereits erklärt, Frau Honig. Das Einzige, worauf es ankommt, sind die Verkaufszahlen. Wenn die Leute da draußen das Produkt kaufen, ist doch alles in bester Ordnung!«

»Man sollte nur gute Dinge in die Welt bringen. Dann wäre alles irgendwie besser und ehrlicher!«, murmelte Frau Honig und sah gedankenverloren aus dem Fenster.

Ja, was wäre das für eine Welt, wenn es jedem nur darum ginge, Gutes zu tun. Frau Honig musste nicht lange darüber nachdenken, denn eines war ihr schnell klar: Es wäre eine gute Welt. Eine sehr gute Welt.

Fantasie ist, wenn man alles werden kann

Am nächsten Tag war erst einmal Unterricht angesagt. Dafür kam Frau Schwietzke, die Privatlehrerin, in die Villa Degenhardt. Sie war eine hagere Frau und trug eine mintfarbene Bluse, die bis oben hin zugeknöpft war, und ein schwarzes Kostüm. Außerdem hatte sie eine halbe Brille auf der Nase.
Frau Honig wunderte sich ein wenig, warum man eine Brille trug, bei der man den Kopf senken musste, um darüber schauen zu können. Das Kindermädchen saß etwas abseits auf einem Stuhl. Vorher hatte sie die Lehrerin gebeten, einer Unterrichtsstunde beiwohnen zu dürfen. Sie wollte Frau Schwietzke und ihre Art zu unterrichten kennenlernen.

In der Villa gab es einen Unterrichtsraum, der wie ein Klassenzimmer eingerichtet war. Allerdings, und das fand Frau Honig traurig, mit nur einer einzigen Schulbank. Trotzdem gab es eine Tafel, auf die Frau Schwietzke ihre Aufgaben schrieb. Im Grunde war es wie ein ganz normaler Schulalltag. Allerdings etwas langweiliger, denn kein Kinderlachen tönte durch den Klassenraum, keine heimlichen Briefchen wurden tuschelnd von Bank zu Bank gereicht und kein lautes Stöhnen war zu hören, wenn Frau Schwietzke Vokabeln abfragen wollte.

Jolanda saß kerzengerade auf ihrem Stuhl und ratterte Englisch- und Französisch-Vokabeln herunter, als wäre sie eine Maschine. Doch Frau Schwietzke schien nicht beeindruckt zu sein, egal wie perfekt ihre Schülerin war, sie schien nie wirklich zufrieden.

Daher fing Frau Honig an, nach jeder richtigen Antwort leise zu jubeln und in die Hände zu klatschen. Doch dafür bekam sie von der Lehrerin einen strafenden Blick.

Als Frau Honig einen Papierflieger faltete und ihn durchs Zimmer fliegen ließ, drehte Frau Schwietzke sich zu ihr um. »Sie stören den Unterricht, Frau Honig!«, tadelte sie und blickte über ihre halbe Brille.

Frau Honig zuckte entschuldigend mit den Schultern, dann fiel ihr Blick auf den Papierflieger, der um die Lampe kreiste auf der Suche nach einem Fenster, aus dem er fliegen konnte. Das Kindermädchen sprang kurzerhand auf, öffnete einen Fensterflügel und der Papierflieger beendete seine Runden und flog hinaus.

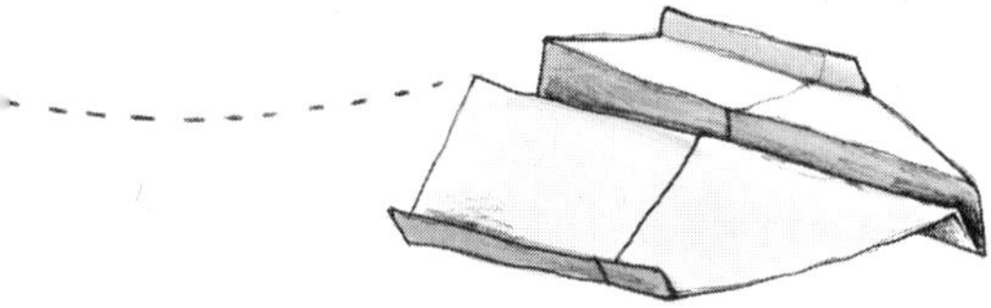

Frau Honig blickte ihm noch lange nach, bis er hoch oben in den Wolken verschwunden war. »Nächstes Mal flieg ich mit!«, flüsterte sie ihm hinterher.

Jolanda war über ihr Mathematikbuch gebeugt und rechnete. Frau Schwietzke nutzte die Zeit, um eine Arbeit ihrer Schülerin zu kontrollieren. Mit einem roten Stift verpasste sie einigen Aufgaben kleine Häkchen, strich Falsches großzügig durch oder schrieb Anmerkungen neben Jolandas Text.

»Rot ist eine harte Farbe für Korrekturen!«, merkte Frau Honig leise an. Frau Schwietzke sah auf. »Ich möchte mich ja nicht einmischen, Frau Schwietzke, aber wäre es nicht schöner, Verbesserungen mit der Farbe Grün anzustreichen. Denn Grün ist die Farbe der Hoffnung. Verstehen Sie mich nicht falsch, ich habe nichts gegen die Farbe Rot. Ich liebe den roten Sonnenuntergang, ich liebe das Rot der Mohnblumen und das der Himbeerbonbons. Aber wenn ich meinen Aufsatz so zurückbekäme, wäre ich etwas verletzt und niedergeschlagen dazu!«

Frau Schwietzke seufzte. Sie hatte keine große Lust mit dem neuen, etwas seltsamen Kindermädchen zu diskutieren. Außerdem war ihr persönlich die Farbe des Korrekturstiftes egal. Abgesehen davon, dass man schon immer mit Rot korrigiert hatte.

»Wenn man etwas immer so macht, heißt das ja nicht, dass es automatisch auch gut ist!«, sagte Frau Honig, als könnte sie Frau Schwietzkes Gedanken lesen.

Diese lugte über ihren Brillenrand und hob erstaunt die Augenbrauen. Dann nahm sie mit ausdruckslosem Gesicht einen grünen Stift aus ihrem Federmäppchen, in dem die verschiedenen Farben ordentlich nebeneinanderlagen. »Zufrieden?« Streng sah sie das Kindermädchen an.

»Noch nicht ganz!«, begann dieses erneut. »Ich finde, Jolandas Arbeit hat hier und da ein paar lachende Gesichter verdient. Man muss doch auch das Gute beachten und hervorheben. Denn auch dadurch lernt man – das ist positive Motivation.«

Jolanda hatte dem Gespräch interessiert zugehört. Ein kleines Lächeln huschte über ihr Gesicht. Als Frau Schwietzke zu ihr hinüberblickte, beugte sich das Mädchen schnell wieder über ihre Arbeit und tat, als hätte sie nichts mitbekommen.

Frau Schwietzke malte also einen Smiley neben eine Textstelle, und auch über ihr Gesicht flog ein kleines Lächeln. Denn dafür, dass die Lehrerin in ihrem Leben noch nicht viele lachende Gesichter gemalt hatte, konnte es sich wirklich sehen lassen.

»Ich würde Ihnen ein lachendes Gesicht für Ihr lachendes Gesicht geben,

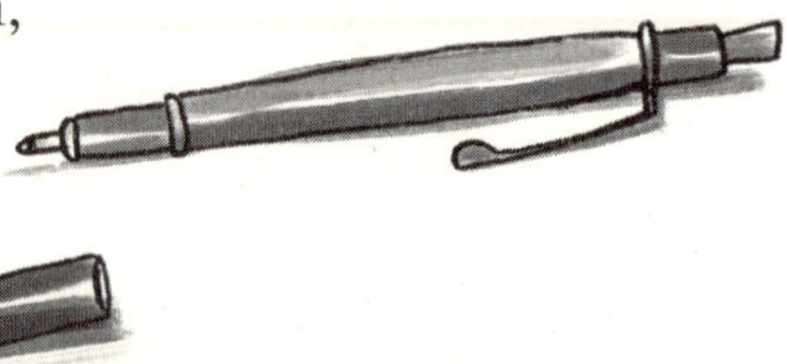

denn es ist Ihnen ausgesprochen gut gelungen«, lobte Frau Honig.

Frau Schwietzke freute sich über das Kompliment, obwohl sie sich gar nicht freuen wollte. Denn sie ließ sich ungern das Heft aus der Hand nehmen. »Und jetzt setzen Sie sich bitte wieder auf Ihren Stuhl, Frau Honig, und lassen Sie mich meinen Unterricht weiterführen.«

Brav folgte Frau Honig der Anweisung, und als Frau Schwietzke begann, über Geschichte zu sprechen, merkte sie, wie sie immer müder und müder wurde. Irgendwann nickte ihr Kopf nach vorne und sie schnarchte sogar ein wenig.

Frau Schwietzke und Jolanda drehten sich zu ihr um.

»Frau Honig, ich muss doch sehr bitten!«, rief die Lehrerin aufgebracht.

Elsa Honig fuhr ruckartig hoch. »Sieben mal sieben ist feiner Sand!«, sagte sie wie aus der Pistole geschossen. Jolanda kicherte. »Oh, ich muss wohl eingeschlafen sein!«, stellte das Kindermädchen fest und kicherte ebenfalls. »Vielleicht sollten Sie den Geschichtsunterricht etwas spannender gestalten, Frau Schwietzke! Langeweile verhindert das Lernen. Sie stoppt die Wissbegier, nimmt einem das Interesse und unterdrückt die Neugier. Denn gibt es etwas Langweiligeres als einen, der vorne steht und redet, und einen, der hinten sitzt und zuhören muss?«

»So, so, Sie finden mich also langweilig?« Frau

Schwietzkes Lippen wurden schmal, ihr Hals dafür noch länger, als er sowieso schon war. Würde Frau Honig Frau Schwietzke als Tier malen müssen, dann wäre sie eine etwas verkniffen dreinschauende Giraffe.

»Nein, ich finde Sie kein bisschen langweilig. Sie sind eine sehr interessante Persönlichkeit. Aber vielleicht sind Sie ein bisschen in sich selbst gefangen, Frau Schwietzke. Denn wo ist die kleine Brigitte in Ihnen, die Schauspielerin werden wollte?«

Frau Schwietzke schluckte. »Woher wissen Sie das?«

»Dass Sie Brigitte heißen?«

»Nein, dass ich als Kind Schauspielerin werden wollte?«

»Es steht auf Ihrer Stirn geschrieben. Nicht viele Menschen beherrschen die Stirn-Orthografie. Aber ich habe sie studiert.«

Jolanda sah interessiert zu ihrer Lehrerin. Sie hatte sich noch nie darüber Gedanken gemacht, dass Frau Schwietzke auch einmal ein Kind gewesen war.

Die Lehrerin ließ sich in ihren Lederdrehstuhl sinken. »Ja, das ist wahr!«, sagte sie und ihre Stimme klang belegt. »Ich wollte auf die großen Bühnen der Welt. Ich wollte *Hamlet* spielen, *Faust* und den *Sommernachtstraum*. Doch meine Eltern meinten, ich solle einen richtigen Beruf erlernen, einen ernsthaften. Also wurde ich Lehrerin.« Es sah fast so aus, als würde sich Frau Schwietzke eine Träne aus dem Augenwinkel wischen.

»Es ist noch nicht zu spät, Frau Schwietzke!«, flüsterte Frau Honig eindringlich. »Es ist genau genommen nie zu spät!«

Frau Schwietzke lachte höhnisch auf. »So ein Unsinn!« Dann warf sie einen Blick auf die Uhr. »Der Unterricht ist für heute zu Ende!« Und so schnell sie konnte, verließ sie den Raum.

Frau Honig sah ihr nach. »Bis morgen!«, flötete sie fröhlich.

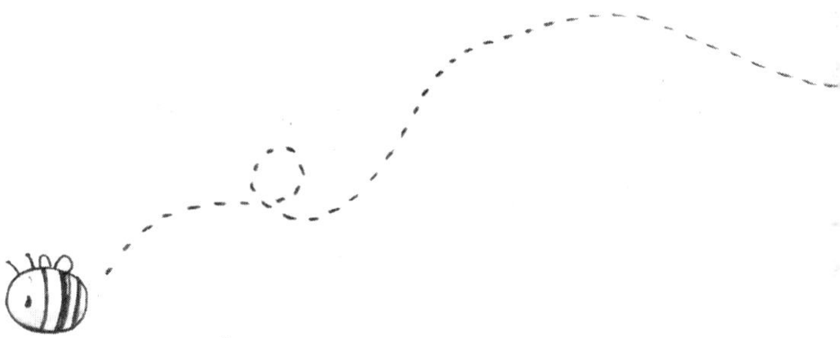

Fantasie braucht nicht viel Platz

So gingen die Tage dahin. Jolandas Terminplan war von morgens bis abends voll. Schulstunden am Vormittag und die Nachmittage waren von Golf-, Reit- oder Ballettstunden dominiert.

Herr Degenhardt war meist unterwegs und Frau Degenhardt hatte immer viel zu tun. Wichtiges. Maniküre, Pediküre, Kosmetiktermine oder Shoppingausflüge.

Jeden Abend stand Frau Honig oben auf dem Dach und hielt nach ihren Bienen Ausschau – aber erst als es dunkel wurde, flogen nach und nach alle wieder zurück in ihren Stock.

»Was ist nur los mit euch?«, fragte Frau Honig. Sie seufzte. Eine Biene landete auf ihrer ausgestreckten Hand. »Du bist ja völlig erschöpft!«, sagte sie zu der Kleinen. »Und besonders viel Nektar hast du auch nicht gesammelt, wie es scheint!« Frau Honig war besorgt. Sie setzte die Biene vor deren Stock ab und diese schleppte sich mit letzter Kraft hinein. Dann legte das Kindermädchen ihren Kopf auf den Korb. Sie schloss die Augen. Das

Summen war viel leiser als gewöhnlich. Müde hörte sich das sonst so fröhliche Summen an. Frau Honig richtete sich auf und ließ ihren Blick über den großen Garten schweifen, der im Grunde ja ein Park war. Sie schüttelte den Kopf. »Keine Bienenblumen weit und breit!« Da blieben ihre Augen an einer kleinen Gestalt hängen, die im Slalom um die Bäume rannte und schließlich hinter der nächsten Hecke verschwand. Es war ein Junge, ungefähr in Jolandas Alter. Strubbelige schwarze Haare hatte er und Flausen im Kopf, doch das Herz am rechten Fleck. Ob Flausen im Kopf und Herzen am rechten Fleck waren, das konnte Frau Honig aus jeder denkbaren Entfernung erkennen.

Sie lächelte. »Ich schätze, ich sollte demnächst mal einen Spaziergang in den Garten unternehmen!«

Am nächsten Tag, während Jolanda Unterricht hatte, ging Frau Honig mit den beiden Hunden in den Garten Gassi. Immer noch liefen die Hunde brav neben Frau Honig her und, egal was ihren Weg kreuzte, nichts regte sie auf.

»Könnt ihr eigentlich bellen?«, fragte sie die beiden, doch sie antworteten nicht. »So, mir reicht es jetzt!« Frau Honig raffte entschlossen ihren Rock, kniete sich vor die beiden Hunde und fing an, sie anzubellen. Sie bellte, sie kläffte, sie blaffte und hechelte. Das sah wirklich zu komisch aus. Noch komischer war allerdings, dass die Hunde das Kindermädchen ansahen, als käme dieses von einem anderen Stern. Hin und wieder legte Wilhelm den Kopf nach rechts und Otto zog seine Augenbrauen hoch, um sie sofort wieder fallen zu lassen.

Da hörte Elsa Honig über sich in den Zweigen ein lautes Kinderlachen.

»Kann ich Ihnen vielleicht helfen?« Die Stimme kam aus dem Baum, unter dem Frau Honig bellte.

Das Kindermädchen blickte nach oben.

Dort saß in den Zweigen der Junge, den Frau Honig schon am Vortag bemerkt hatte.

»Das wäre äußerst liebenswürdig!«, sagte sie, und sofort kletterte er vom Baum und kniete sich neben das Kindermädchen.

»Wuff wuff«, begann er. »Richtig so?«, fragte er Frau Honig und grinste sie an.

»Genau das wollte ich auch gerade sagen!«, lachte Frau Honig, und gemeinsam bellten und kläfften sie, was das Zeug hielt. »Wir müssen den richtigen Ton treffen!«, erklärte Frau Honig. »Das ist gar nicht so leicht. Jede Rasse hat so ihren eigenen Dialekt. Und ich fürchte, ich beherrsche Vornehmisch in der Hundesprache nicht wirklich.«

»Vielleicht versuchen wir es mal mit Umlauten wie Ü oder Ä«, schlug der Junge vor, drehte sich zu den beiden

Tieren um und bellte: »Wüff wüff!« Jetzt hoben beide gleichzeitig die Ohren.

»Ich glaube, wir sind auf dem richtigen Weg!«, freute sich Frau Honig. »Wüff wüff, wäu wäu!«, bellte sie und das hörte sich nun wirklich an wie bei Hofe.

Und tatsächlich antwortete Wilhelm: »Wüff wüff wüff, wäu wäu, grrrr grrrr!«

Frau Honig war erstaunt.

»Was sagt er?«, fragte der Junge neben ihr.

»Er dankt unseren Bemühungen und weiß diese wirklich zu schätzen, aber er kann nicht aus seiner Hundehaut heraus. Denn das blaue Blut, das durch seine Adern fließt, und die adligen Vorfahren seiner Rasse würden es nicht zulassen, über die Wiese zu toben und zu tollen!«

Jetzt mischte sich auch Otto in die Unterhaltung ein. »Klüff klüff, rrrraff rrrrafff rüfff!«

Der Junge sah Frau Honig gespannt an.

»Das hab ich mir gedacht!«, murmelte Frau Honig. »Auch er kommt aus einem Adelsgeschlecht. Das Schwanzwedeln wurde ihnen schon seit Generationen abgewöhnt!« Dann wandte sie sich erneut den Hunden zu. »Rüüf rüff belle bell, ahüüüü!«, jaulte sie.

»Was haben Sie ihnen gesagt?«

»Ich meinte, es wäre nie zu spät, das Spielen zu erlernen. Und gleich morgen früh werden wir damit anfangen.« Frau Honig richtete sich zufrieden auf und strich ihren Rock glatt. Dann streckte sie dem Jungen die Hand entgegen. »Honig. Elsa Honig. Ich bin das neue Kindermädchen«, sagte sie freundlich.

»Ich bin Jakob. Meinen Vater haben Sie bestimmt schon kennengelernt. Er ist der Gärtner hier!«

»Ich will deinem Vater ja nicht zu nahe treten und es tut mir leid, wenn ich das sagen muss – aber das alles hier sieht eher nach einem Architekten aus als nach einem Gärtner.« Frau Honig drehte sich im Kreis und deutete auf die millimeterkurzen Wiesen und die akribisch beschnittenen Büsche und Bäume um sie herum. »Wo sind die Wildblumen, wo sprießt und blüht es? Wild und voller Kraft. Hier wirkt alles, als wäre die Natur in einen Käfig gesperrt worden. Ist ein Gärtner denn nicht der Freund der Blumen …?«

»Ich *bin* der Freund der Blumen!«, hörte sie Anton, den Gärtner, sagen, der plötzlich hinter Frau Honig aufgetaucht war.

Das Kindermädchen fuhr erschrocken herum.

»Ich will Sie wirklich nicht beleidigen, Anton. Aber die Natur muss doch auch wild sein dürfen. Meine Bienen sind jeden Tag völlig erschöpft, sie müssen so weit fliegen, um Nektar sammeln zu können.

In diesem Garten gibt es nicht mal einen klitzekleinen Löwenzahn!«

»Ich weiß!«, sagte Anton kleinlaut. »Ich habe die Anweisung, die Pflanzen, bevor ihre Blüten zu Pusteblumen werden können, auszustechen. Denn Pusteblumen verbreiten sich wie …«

»Wie Pusteblumen, ich weiß. Aber Bienen lieben Löwenzahn. Und sie danken es ja auch durch die Bestäubung all der anderen Pflanzen. Und nicht zuletzt durch den leckersten Honig, den sie uns bescheren.«

»Aber das Unkraut …«, begann er noch einmal, doch er kam nicht weiter, denn das Kindermädchen schien nun förmlich zu explodieren.

»Ich mag das Unkraut, denn es kommt, wann es will und wo es will. Es lässt sich nicht bändigen und es wächst, auch wenn ich mich nicht darum kümmere. Ist das nicht toll? Und wer hat denn eigentlich bestimmt, was Unkraut ist und was nicht? Vielleicht ist an einem Tag mal der Herr Blumenbestimmer herumgeeilt mit seinem kleinen Gehilfen im Schlepptau, der notiert hat, was der Herr Blumenbestimmer bestimmt hat. ›Du, bist Unkraut‹, hat er zu einer Blume gesagt, ›Du, bist eine Zierpflanze‹, zur nächsten. Und seitdem ist es so, wie es ist. Ich für meinen Teil finde alle Pflanzen schön und ich liebe sie alle. Und ich finde es äußerst unhöflich, zu einer wunderschönen Pusteblume Unkraut zu sagen. Das gehört sich doch nicht! Können Sie sich vorstellen, wie sich eine Pflanze fühlt, die als Unkraut bezeichnet wird? Unerwünscht. Sie fühlt sich unerwünscht!« Frau Honig schüttelte betrübt den Kopf. »Menschen sind schon komisch. Sie wollen glatte Haare, wenn sie Locken haben, und andersherum. Sie bauen Pflanzen an, die schwierig zu pflegen sind, und rupfen diejenigen raus, die ganz von selbst wachsen würden.« Der Gärtner wollte gerade Luft holen, um etwas zu erwidern, da redete Frau Honig schon wieder weiter: »Ich kannte mal einen Mann, der hat den Giersch angepflanzt. Er konnte sich vor Giersch gar nicht mehr retten. Er hat Suppen daraus gemacht und Salat und wissen Sie was? Er ist der gesündeste Mensch auf der Welt. Seit Jahrhunderten wird diese Pflanze als Medizin angewandt und trotzdem gehört sie zum Unkraut, weil der Herr Blumenbestimmer dies einfach so bestimmt hat!« Frau Honig war etwas außer Atem. Sie sprach selten so viele Sätze hintereinander.

»Sind sie fertig?«, fragte Anton schüchtern. Frau Honig atmete noch einmal tief ein, dann nickte sie. »Ich würde Ihnen gern etwas zeigen. Ein Plätzchen, das Ihnen sicher gefällt. Es ist allerdings geheim!«, sagte er verschwörerisch.

Frau Honig folgte dem Gärtner die Wege entlang, mal links mal rechts. Jakob folgte ihnen schweigend. Und auch die Hunde trotteten hinter ihnen her. Schließlich stand, geduckt zwischen einer Ligusterhecke, ein Gewächshaus aus Glas vor ihr.

Anton öffnete die Tür und Frau Honig trat ein. Sie schien in einer völlig neuen Welt zu sein. Es duftete unglaublich. Nach Rosen, Jasmin, Lavendel, Lobularien und Schneeball. Elsa Honig schloss genießerisch die Augen. Ein Lächeln huschte über ihr Gesicht. »Düfte sind die Gefühle der Blumen«, flüsterte sie. Und als sie die Augen wieder öffnete, blickte sie in das strahlende Gesicht des Gärtners.

»Wunderschön, nicht wahr?«, fragte er und Frau Honig nickte.

»Hier können sich Ihre Bienen bedienen. Es ist meine kleine blühende Oase!«

Frau Honig ging von einer Blume zur anderen. Es war schwül und feucht in dem gläsernen Haus.

»Ich lasse die Luken offen, dann können sie ein und aus fliegen.«

Frau Honig nickte dankbar und wagte einen kleinen Vorstoß: »Darf ich vielleicht ein paar Samen verstreuen? Nur ein paar klitzekleine? Im Garten?«

Anton seufzte. »Na gut, ausnahmsweise. Herr und Frau Degenhardt waren sowieso schon lange nicht mehr auf ihrem Anwesen spazieren. Sie haben gar nicht die Zeit dafür. Aber pflanzen Sie Ihre Blumen so, dass man sie vom Haus aus nicht sehen kann, in Ordnung?«

Frau Honig lächelte Anton an. »In Ordnung!« Dann wandte sich Frau Honig an Jakob. »Und wir sehen uns hoffentlich auch bald wieder, Jakob. Es war mir eine Freude, deine Bekanntschaft zu machen.«

»Wie halten Sie es bloß bei diesem komischen Mädchen aus?«, fragte Jakob auf einmal. »Sie ist hochnäsig, arrogant und …«

Frau Honig hob mahnend die Hand. »… und sie hat das Herz im Grunde am rechten Fleck, genau wie du, Jakob. Es ist nur gerade mal eben ein kleines Stück verrutscht. Vielleicht hast du ja Lust und hilfst mir, es wieder an seinen richtigen Fleck zu bringen.« Und mit diesen Worten drehte Frau Honig sich um und schlenderte davon.

»Wüff wüff!«, bellte sie den Hunden zu, die ihr auch schnurstracks folgten.

Jakob und Anton wechselten einen Blick. Sie grinsten sich an.

Frau Honig summte fröhlich vor sich hin, griff in die Taschen ihres Mantels und streute hier und da ein paar Blumensamen auf die Wiese. Und kaum hatte sie den Samen den Rücken zugewandt, begannen diese zu keimen und aus der Erde zu wachsen.

»Guten Morgen, Karl!«, rief Frau Honig fröhlich, als sie von ihrem morgendlichen Spaziergang mit den Hunden zurückkam. Sie war sehr zufrieden damit, wie der Tag begonnen hatte.

»Guten Morgen!«, antwortete Karl steif.

Frau Honig blieb stehen und sah dem Butler direkt in die Augen. »Wie geht es Ihnen heute?«, fragte sie interessiert.

»Danke der Nachfrage, es geht mir gut!«

Frau Honig sah ihn durchdringend an. »Und wie geht es Ihnen *wirklich?*«, fragte sie.

Karl stutzte und kniff die Augen zusammen. Er war irritiert. Selten wollte jemand wirklich wissen, wie es ihm ging. Einem Butler hatte es einfach immer gut zu gehen. Niemand würde sich für die Zipperlein eines Bediensteten interessieren. Er räusperte sich. »Na ja«, begann er. Frau Honig bewegte sich nicht. Sie stand einfach nur da und hörte zu. »Also, um ehrlich zu sein … Ich habe schlimme Schmerzen im unteren Rücken. Schon seit einiger Zeit. Aber bitte sagen Sie es nicht den Herrschaften, Frau Honig, sonst kann es sein, dass ich meinen Job verliere. Denn was ist schon ein Butler mit einem Bandscheibenvorfall?«

Frau Honig nickte. »Das tut mir leid, Sie Ärmster. Und sonst?«, fragte sie weiter.

»Wie sonst?«, fragte Karl zurück.

»Wie geht es sonst?«

Karl sah nach links und rechts, als hätte er Angst, belauscht zu werden. »Manchmal fühle ich mich ein wenig einsam.«

»Haben Sie denn keine Frau oder eine Freundin? Oder einen Freund?«

»Wissen Sie, Frau Honig, ich bin etwas schüchtern, da ist es nicht leicht ...« Karl brach ab, denn in diesem Moment rief Frau Degenhardt nach ihm. »Oh«, sagte er kurz, »ich muss los, die Arbeit ruft!«

Und auch Frau Honig wurde zur Arbeit gerufen, denn auf ihrem Plan stand, dass sie Jolanda in Etikette unterrichten sollte. Etikette bedeutete nichts anderes als Benimmregeln. Wie man vornehm aß, wie man ging, wie man grüßte, wie man redete. Das alles sollte Jolanda jede Woche mindestens einmal üben. Das war den Degenhardts äußerst wichtig.

»Also gut!«, begann Frau Honig, »Dann haben wir jetzt Etikette! Lass uns ein wenig an deinem Benehmen bei Tisch arbeiten.« Sie lächelte verschmitzt.

Karl hatte den Tisch zum Üben gedeckt und Jolanda saß bereits kerzengerade auf ihrem Stuhl. Schon unzählige Male war sie mit ihren vorherigen Kindermädchen die Reihenfolge der Messer und Gabeln und Löffel durchgegangen, hatte geübt, den kleinen Finger abzuspreizen, nur kleine Bissen zu nehmen und eine gesittete Konversation zu führen. Es langweilte sie.

»Wir konzentrieren uns zuerst auf den kleinen Löffel!«, sagte Frau Honig und griff nach dem Nachtischlöffel, der oben über dem Teller lag.

Jolanda seufzte, dann nahm sie ihren Löffel ebenfalls in die Hand. »Jetzt drückst du ihn an deine Nase und versuchst, ihn dort hängen zu lassen!« Frau Honig war schon dabei, ihren Löffel an ihrer eigenen Nase zu befestigen. Es dauerte nicht lange, da baumelte er hin und her, ohne dass das Kindermädchen ihn festhalten musste.

Jolanda hielt sich die Hand vor den Mund und ihr entfuhr ein kleiner Lacher.

Vor lauter Schreck fiel Frau Honigs Löffel in den Teller. »Was war das?«, fragte sie verblüfft.

»Was denn?«

»Das Geräusch. War das etwa ein Lachen? Kam das von dir?«

Jolanda sah Frau Honig besorgt an. »Entschuldigung!«, sagte sie mechanisch.

»Jolanda, das ist das schönste Geschenk, das du mir heute machen konntest! Und wie wunderschön es klingt! Jedes Mal, wenn ein Kind lacht, schickt die Sonne einen ihrer Strahlen zur Erde. Also los, lass den Löffel baumeln!«

Jolanda blickte unsicher hinter sich.

»Karl kann dich nicht sehen. Er putzt gerade das Silber im Konferenzsaal. Es gibt also niemanden hier, der über dich lachen könnte.«

»Nur Sie!«, nuschelte Jolanda misstrauisch.

»Aber erst nachdem du über mich gelacht hast!«, grinste das Kindermädchen und klebte sich den Löffel erneut an die Nase.

Unsicher nahm Jolanda ihren Löffel und versuchte es ebenfalls. Einige Male fiel er ihr herunter.

»Komisch, irgendwie hatte ich gedacht, bei dir würde es schneller klappen«, wunderte sich Frau Honig, »denn manchmal hältst du deine Nase ganz schön hoch!«

In diesem Moment blieb der Löffel hängen. Jolanda bekam große Augen. Sie wagte kaum zu atmen. Der Löffel hing so fest, als wäre er an ihrer Nase festgeklebt.

»Gut, ja das ist gut!«, rief Frau Honig und klatschte begeistert in die Hände.

Dann fiel der Löffel klirrend in den Teller, der darunter stand.

»Ich hab's geschafft. Er hing dran, einfach so!«, freute sich Jolanda. Und ein bisschen Kind huschte in sie hinein. Wenn auch nur für einen winzigen Augenblick. »Und, beginnen wir jetzt mit dem Unterricht?«, fragte Jolanda und das bisschen Kind verschwand so schnell, wie es gekommen war.

»Wir sind doch schon mittendrin!« Frau Honig kicherte. »Und jetzt lernen wir, vornehm das Treppengeländer hinunterzurutschen. Das wollte ich schon in der ersten Sekunde, als ich euer Haus betreten habe.«

»Das hat doch nichts mit Etikette zu tun, Frau Honig!«

»Wer nicht lernt, was Nichtetikette ist, kann auch die Etikette nicht beherrschen!«

»Aber das kann ich nicht!«

»Deshalb lernst du es jetzt! Ich bin schon viele Treppengeländer hinuntergerutscht. Ich habe Treppengeländer-Rutscherfahrung!« Und schon zog Frau Honig das Mädchen mit sich hinaus in die Eingangshalle. Oben stieg sie auf das Geländer, als wäre es ein Pferd. Rückwärts sauste das Kindermädchen mit einem *Hui* bis hinunter zur Eingangshalle und landete dort unsanft vor den Füßen des Butlers. Karl stand starr wie ein Stock unten in der Halle. Seine Augenbrauen wanderten einige Zentimeter nach oben und Frau Honig freute sich, dass er tatsächlich fähig war, seine Gefühle zu zeigen. Auch wenn dieses Augenbrauenzucken vielleicht nicht bedeutete, dass er Frau Honigs Etiketten-Unterricht besonders gut fand. Aber er sagte nichts und zog sich diskret zurück.

»Jetzt du!«, rief Frau Honig zu Jolanda hinauf. Diese tat, was Frau Honig verlangte. Jedoch nicht ohne vorher einmal laut »Pff« zu machen und die Augen zu verdrehen. Dann rutschte auch das Mädchen das Geländer hinunter. Stumm kam sie unten an. Sie strich ihren Rock glatt und zog die Schleife in ihren Haaren wieder fest, die etwas verrutscht war.

»Und was kommt jetzt?«, fragte Jolanda gelangweilt, und Frau Honig hatte das Gefühl, das Mädchen wollte diesen etwas anderen Etiketten-Unterricht möglichst schnell hinter sich bringen.

Frau Honig überlegte nicht lange. Ihr Blick fiel auf den blitzblanken Marmorboden. »Schlittern!«, sagte sie bestimmt, und kurze Zeit später hatte sie Jolanda und sich selbst Putzlappen um die Füße gebunden und mit *Hui* schlitterten Frau Honig und Jolanda hin und her. Also Frau Honig schlitterte mit *Hui*. Jolanda schlitterte, weil sie eben schlittern sollte.

»Und jetzt?«, wollte sie schließlich wissen.

Frau Honig sah zum Leuchter. »Nein, ich glaube, das lassen wir lieber. Für heute ist der Unterricht zu Ende.«

Jolanda zog die Putzlappenschuhe aus und verließ hoch erhobenen Hauptes den Eingangsbereich.

Fantasie ist, wenn man sein inneres Kind freilässt

»Morgen ist der Tag des inneren Kindes!«, flötete Frau Honig, als sie Karl auf dem Weg ins Speisezimmer begegnete.

»Ist das so etwas wie der Tag der Kosmonauten?«, fragte der Butler.

Frau Honig schüttelte den Kopf. »Viel besser!«

Karl überlegte. »So etwas wie der Bären-Gedenktag, anlässlich des Todestags von Braunbär Bruno?«

»Na ja«, Frau Honig neigte den Kopf, »anders, würde ich sagen.«

»Ich hab's: So etwas wie der Sprich-wie-ein-Pirat-Tag?«

Frau Honig horchte auf. »Klingt auch gut, aber nein!«

Karl war, seitdem sich Frau Honig nach seinem Befinden erkundigt hatte, um wirklich und ehrlich zu hören, wie es ihm ging, viel zutraulicher geworden. Und es kamen ihm noch ein paar Ideen, die er Frau Honig mit einem Augenzwinkern vorschlug: »Tag des Blaubeerpfannkuchens oder Tag der Luftpolsterfolie? Tag des

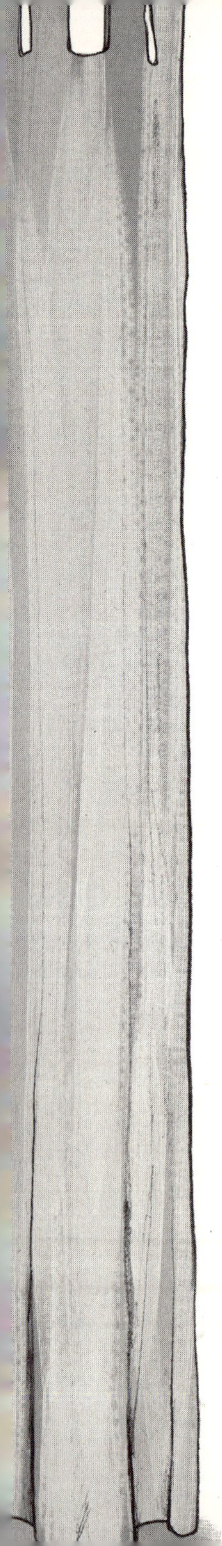

Croissants?« Frau Honig lachte. Doch auf einmal fasste sich Karl mit einer Hand an den Rücken. Sein Gesicht war schmerzverzerrt.

»Ist etwas nicht in Ordnung?«, fragte Frau Honig mitfühlend und griff nach seinem Arm.

»Nur wieder mein Rücken. Sonst ist alles in bester Ordnung!«

»Freuen Sie sich auf den Tag des inneren Kindes, der kann manchmal Wunder bewirken! Aber jetzt ruhen Sie sich erst mal aus und nehmen Sie ein Entspannungsbad.« Frau Honig setzte ein geheimnisvolles Lächeln auf und ging zum Abendessen.

»Guten Morgen! Was für ein Tag!«, flötete das Kindermädchen und zog die Vorhänge in Jolandas Zimmer mit einem lauten *Rrrrratsch* auf.

Jolanda blinzelte in die Sonne. »Ist heute nicht Samstag? Da kann ich doch ausschlafen!«

»Heute ist der Tag, an dem man keine Sekunde verpassen darf!« Frau Honig wuschelte Jolanda durch die zerzausten Haare. »Die Frisur steht dir hervorragend!«

»Was ist denn das für ein Tag?« Das Mädchen gähnte desinteressiert.

Frau Honig hüpfte auf Jolandas Bett. »Heute ist der Tag des inneren Kindes!«, rief sie aus.

Jolanda zog die Augenbrauen hoch, so wie sie es in letzter Zeit schon oft getan hatte. »Pff!«, sagte sie.

»Na komm, na komm! Das müssen wir uns anschauen!« Frau Honig half Jolanda, sich anzuziehen und führte sie in die Eingangshalle.

»Und was passiert hier?« Das Mädchen zuckte lustlos mit den Schultern.

»Warte es ab«, antwortete Frau Honig. Schon ging die Tür auf und der Butler kam herein. Er hatte einen kleinen roten Umhang an und eine seltsame Maske über den Augen. Auch eine bunte Badekappe hatte er sich über seine braunen Haare gestülpt.

»Wer kommt denn da?« Frau Honig lächelte voller Vorfreude.

»Ich bin Superbutler!«, rief Karl den beiden zu. Er reckte die Faust zum Himmel. »Ich habe die Kraft der fünf Arme. Und so kann ich jeden Auftrag erfüllen, der mir aufgetragen wird.« Er kicherte. »Auftrag auftragen!«

Jolanda sah irritiert zu Frau Honig. »Wer ist das?«, fragte sie, da sie ihren Butler nicht mehr wiedererkannte. Das heißt, bekannt kam er ihr schon irgendwie vor, aber die Art, wie er sprach, wie er kicherte und sich bewegte, war ihr absolut fremd.

»Das ist Karl, der Superbutler!«, erklärte Frau Honig und grinste.

»Düdüdüdüdüüüü!«, sang Karl inzwischen, als würden seine Tätigkeiten von einer Superhelden-Filmmusik begleitet werden.

»Zu Hilfe, zu Hilfe!«, schrie da plötzlich jemand aus der Küche.

»Frau in Gefahr!«, rief der Superbutler.

»Das klingt nach Mechthild!« Frau Honig zog Jolanda mit sich in die Küche.

Doch Karl, der Superbutler, kam ihnen zuvor.

In der Küche qualmte es aus dem Ofen, aber Karl hatte bereits alles wieder im Griff. Er zog Mechthild schützend zur Seite, öffnete das Fenster, dann den Ofen und löschte das Feuer mit einem kleinen Eimerchen voll Wasser. Er griff nach einem Geschirrtuch und wedelte damit den Rauch zum Fenster hinaus. »Ich bin der Superbutler und habe die Kraft der fünf Arme!«, rief er dabei.

Jolanda sah Mechthild verblüfft an und hoffte, sie würde den seltsamen Butler ebenfalls für verrückt halten, aber die stand nur da und jubelte, wie man einem Superhelden eben so zujubelt.

Als der Rauch verflogen war, holte sie eine Schale, in der bereits ein neuer Kuchenteig darauf wartete, in den Ofen geschoben zu werden, und reichte sie Karl. »Mein Retter. Hier eine kleine Stärkung!«, sagte sie lächelnd, und Karl ließ seinen Finger tief in den Teig hineingleiten. Genüsslich schleckte er ihn ab.

»Was gibt es Besseres als Teig?«, schwärmte er.

Auch Mechthild nahm einen Fingervoll und reichte die Schüssel schließlich Frau Honig und Jolanda.

»Teig ist total ungesund!«, sagte Jolanda sofort. »Und außerdem hab ich noch nicht mal gefrühstückt!«

Frau Honig griff nach der Schüssel und ließ ihren Finger ebenfalls im Teig verschwinden. Als sie ihn abschleckte, schloss sie die Augen. »Manchmal sollte man vielleicht einfach nur Teig machen und das mit dem Backen weglassen!«, überlegte sie.

»Dann würde man auch nicht Gefahr laufen, dass der ganze schöne Kuchen verbrennt!«, fügte Karl hinzu, doch im nächsten Augenblick war er bereits an der Tür. »Entschuldigt, ich muss los. Neue Heldentaten warten auf mich!« Zum Abschied hob er die Hand und verschwand.

»Was gibt es denn heute, Mechthild?« Jolanda linste neugierig in die Töpfe.

»Wusstet ihr, dass Geschirrspülen unglaublich viel Spaß

macht?«, fragte Mechthild, ohne auf Jolandas Frage einzugehen.

Jolanda sah hinüber zum Spülbecken, an dem Mechthild stand. Sie hielt die Spülmittelflasche in die Höhe.

»Aufgepasst!«, rief sie und drückte dann einmal kurz auf die Flasche. Nun flogen winzig kleine Seifenblasen heraus. Mechthild brach bei jeder einzelnen in Entzücken aus. »Sind sie nicht wundervoll?«, fragte sie.

Frau Honig nickte begeistert. »Gefallen sie dir auch, Jolanda?«

Doch Jolanda zuckte nur mit den Schultern. »Sind halt Seifenblasen!«, seufzte sie und wiederholte noch einmal ihre Frage: »Was gibt es denn nun heute zu essen, Mechthild?«

»Heute kochen wir Pfannkuchen und Spaghetti und Pommes und Pudding. Ganz viel Pudding!« Mechthild tanzte durch die Küche, in der die Miniseifenblasen überall herumflogen.

»Gibt es auch was Richtiges?«, maulte Jolanda.

Mechthild hielt in der Bewegung inne und betrachtete das Mädchen lange. Dann legte sie den Kopf schief. »Gemüseschmuggelteller?«, fragte sie mit einer Piratenstimme.

»Was ist das denn?« Jolanda zog die Augenbrauen hoch.

»Das ist ein Teller voll mit allem möglichen Gemüse, nur dass das Gemüse nicht wie Gemüse aussieht!

Ideal für Kinder, die kein Gemüse mögen. Es ist also ein Schmuggelteller, weil man den Kindern Gemüse unterschmuggelt!«, antwortete sie zwinkernd und begann aus dem Gemüsekorb Karotten, Tomaten, Erbsen und Brokkoli auf einen Teller zu schichten. In null Komma nichts sah der Teller aus, als würde ein Gesicht darauf liegen.

Jolanda musterte das Gemüsegesicht. Irgendwie schienen die Gurkentomatenaugen ihr zuzublinzeln und der Bohnenmund grinste sie schief an. Jolanda trat erschrocken zurück.

Mechthild war nicht mehr zu bremsen, sie stellte einen Teller nach dem anderen auf die Anrichte und zauberte die lustigsten Figuren darauf. Gesichter, Tiere, Autos und Blumen.

»Mir ist der Appetit vergangen!«, sagte Jolanda zu Frau Honig, die begeistert Mechthilds Teller-Kunstwerke beobachtet hatte.

»Dann lass uns mal sehen, was die anderen so treiben, am heutigen wunderbaren Tag des inneren Kindes.« Und Frau Honig zog das Mädchen aus der Küche.

Als Jolanda und Frau Honig wieder in die Eingangshalle kamen, bot sich ihnen ein lustiger Anblick. Zumindest war es für Frau Honig ein lustiger, für Jolanda war er eher befremdlich.

Karl, immer noch im Superbutler-Gewand, war wohl gerade dabei gewesen, den Boden in der Halle zu wischen, jedenfalls hatte er sich den Wischmopp wie ein Pferd zwischen die Beine geklemmt und ritt nun durch den Raum. »Ruhig, Brauner, ruhig!«, sagte er, als er die beiden Damen sah.

Frau Honig freute sich.

Jolanda blieb der Mund offen stehen. »Sind denn alle heute verrückt geworden?«, fragte sie kopfschüttelnd.

»Sie sind nicht verrückt, Jolanda«, erklärte Frau Honig. »Sie dürfen heute nur alle mal wieder das Kind, das in ihnen steckt, hervorholen. Lass uns doch mal zu Eugen schauen, was der so treibt«, schlug Frau Honig vor.

Eugen, der Chauffeur, saß hinter dem Steuer der Limousine, und Frau Honig und Jolanda hörten ihn aufgeregt sprechen. »Eugen ist am Start. Und da schalten die Ampeln auf Grün. Das Rennen beginnt.« Eugen legte sich nach rechts und nach links und machte dazu Rennauto-Laute. »Alle scheinen gut gestartet zu sein. Und hier, das erste Überholmanöver von Eugen, dem absoluten Favoriten des heutigen Rennens. Das ist der große Preis von Mexiko. Die erste Kurvenkombination hat Eugen bereits hinter sich gelassen. In der ersten Hälfte der ersten Runde hat Eugen es an die Poleposition geschafft!«

»Dürfen wir mitfahren?«, fragte Frau Honig.

Eugen warf einen kurzen Blick auf das Kindermädchen und Jolanda. Er konzentrierte sich aber gleich wieder auf die Straße vor ihm, die in seiner Fantasie eine

Rennstrecke geworden war. »Springt rein!«, forderte er die beiden auf.

Das ließ sich Frau Honig nicht zweimal sagen und schnallte sich sofort an. »Schnall dich an, Jolanda, das wird eine wilde Fahrt!«

Jolanda verdrehte nur wieder einmal die Augen. »Pff!«, machte sie, doch dann sah sie Eugen interessiert zu. Der legte sich weiter in die Kurven. Ein klitzekleines Lächeln huschte über Jolandas Gesicht.

»Nach einem kurzen Boxenstopp geht es auch schon weiter. Wir befinden uns auf der Highspeed-Geraden. Nur noch eine Runde trennt Eugen vom Ziel. Nichts kann den Formel-1-Fahrer noch aufhalten. Und da sieht man schon das Ziel. 4,6 Sekunden Vorsprung hat er herausgefahren. Da rückt ihm Müller auf die Pelle, aber an Eugen ist kein Vorbeikommen. Sein Auto liegt wie ein Brett auf der Bahn. Und er fährt ins Ziel ein, mit drei Sekunden Vorsprung vor Müller!« Eugen riss die Arme hoch und jubelte.

Auch Frau Honig jubelte mit und schlug mit Eugen ein.

Jolanda hatte sich in der Zwischenzeit einen Zahnputzkaugummi aus der Tasche geholt und kaute gelangweilt auf diesem herum. Sie blickte aus dem Fenster und konnte sehen, wie Karl auf Frau Schwietzke zurannte, die gerade den Weg entlangkam. Heute sollte der Unterricht nachgeholt werden, den Jolanda durch ihren Werbespotdreh verpasst hatte. Der Butler, immer noch der Superbutler, schwirrte um die Lehrerin herum und passte auf, dass diese nicht in Gefahr geriet. Das tat er, indem er Stöckchen zur Seite kickte, über die sie vielleicht stolpern konnte, und ihr den Arm als Stütze anbot, als sie die Treppen zum Eingang erklomm.

Frau Schwietzke schien das sehr zu gefallen. Sie kicherte hinter vorgehaltener Hand wie ein kleines Mädchen.

Im Garten war Anton dabei, die Büsche und Hecken zurechtzuschneiden. Doch er tat dies nicht so, wie es die Degenhardts gerne hatten. Denn die Anweisung lautete immer »akkurat«, was so viel bedeutete wie: exakt, immer gleich hoch, gleich breit und gerade. Hauptsache, gerade!

Anton schnitt allerdings am heutigen Tag nicht eine einzige gerade Linie. Außerdem sahen die Hecken und Büsche, nachdem er mit ihnen fertig war, nicht mehr aus wie Hecken und Büsche, sondern wie Tiere. Der ganze Garten hatte sich in einen grünen Tierpark verwandelt. Es gab Eiben-Elefanten, Lorbeer-Schwäne, Buchs-Hasen, Liguster-Giraffen und eine ganze Hecken-Bärenfamilie.

Alles, was nicht zum Tier wurde, wurde zur Kugel, und eine ewig lange Hecke sah plötzlich aus wie die Zinnen einer Ritterburg.

Jolanda riss die Augen auf. »Was macht der denn?«, fragte sie entsetzt.

»Schön, nicht wahr?« Frau Honig lächelte andächtig.

»Meine Eltern werden ausrasten!«, warnte Jolanda.

»Ach was, morgen ist alles wieder akkurat, genau so wie sie es wünschen«, sagte Frau Honig mit einem Seufzer. »Aber apropos deine Eltern. Wollen wir mal nachsehen, was der Tag des inneren Kindes mit ihnen gemacht hat?« Sie klang dabei gleich wieder fröhlicher.

Auf Jolandas Stirn bildeten sich zwei dicke Sorgenfalten. »Ich bin mir nicht sicher, ob ich das sehen will!«

Doch dann folgte sie Frau Honig ins Haus Richtung Speisezimmer.

»Was ist das denn überhaupt für ein komischer Tag heute? Warum benehmen sich alle so eigenartig?«, wollte Jolanda nun noch einmal wissen.

»Der Tag des inneren Kindes weckt in dir alles, was kindlich geblieben ist. Alle geheimen Wünsche oder Träume. Mechthilds geheime Träume handeln vom experimentellen Kochen. Karl wäre gern ein Superheld mit vielen Armen, damit er allen Anforderungen seines Berufes gerecht werden kann, und Anton wollte sich sicher schon lange gegen gerade Hecken wehren.«

»Pff!«, machte Jolanda und verdrehte wie immer die Augen. Doch tief in sich drin spürte sie eine nie da gewesene Neugier. Was mochten ihre Eltern wohl tun? Was waren ihre geheimen Kindheitsträume? Sie konnte sich beim besten Willen nichts vorstellen.

Vorsichtig öffnete Frau Honig die Tür zum Speisezimmer. Herr Degenhardt las seine Zeitung wie jeden Samstagmorgen.

Frau Honig blickte ihm nach einer kurzen Begrüßung unauffällig über die Schulter, sie hoffte, dahinter hätte sich ein Micky-Maus-Comic versteckt.

Frau Degenhardt starrte in ihr Handy. Doch auch sie spielte kein lustiges Spiel und sie benutzte nicht mal eine dieser lustigen Apps, in der sich das eigene Gesicht verwandelte und breit oder hoch wurde wie in einem Spiegelkabinett. Nein, sie scrollte die neuesten Instagram-Posts durch, auf der Suche nach den angesagten Modetrends für den Herbst.

Jolanda schluckte. Sie wusste nicht, warum sie enttäuscht war, aber irgendwie hatte sie schon etwas anderes erwartet an diesem merkwürdigen Tag.

»Hab ich es nicht gesagt? Meine Eltern machen da nicht mit!«, flüsterte sie Frau Honig zu.

Das Kindermädchen blickte von einem zum anderen und was sie sah, machte sie traurig. »Da ist wohl alle Kindheit herausgepustet worden!«, murmelte sie. Dann

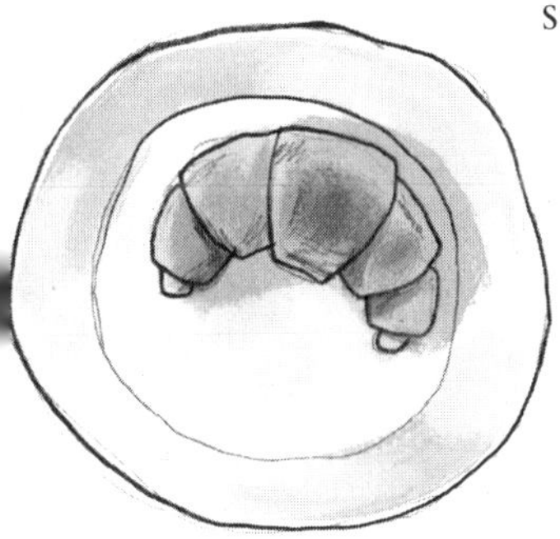

setzte auch sie sich zum Frühstückstisch, allerdings war ihr der Appetit ein wenig vergangen.

Eine Stunde später sorgte ausgerechnet Frau Schwietzke dafür, dass sich Frau Honigs Stimmung wieder aufhellte.

Jolanda saß bereits an ihrem Tisch im Unterrichtsraum und wartete auf die Hauslehrerin. Sie hatte sich zum ersten Mal verspätet und das nur, weil Karl sie in der Eingangshalle noch zu einer Runde Besen-Hockey eingeladen hatte.

Doch als sich endlich die Tür öffnete, erschien eine Frau, die ganz anders aussah als Frau Brigitte Schwietzke. Sie hatte schwarze glatte Haare mit vielen kleinen Zöpfen, die alle mit goldenen Haargummis zusammengehalten wurden. Auf dem Kopf trug sie etwas, das wie eine Mischung aus einem Hut und einer Krone aussah. Um den Oberarm wand sich eine goldene Schlange. Ihr Kleid war weiß und reichte bis zum Boden.

»Frau Schwietzke?«, fragte Jolanda und betrachtete die seltsame Erscheinung genauer.

»Ich bin Cleopatra!«, sagte sie mit einer Stimme, die zwar an Frau Schwietzkes Stimme erinnerte, aber irgendwie viel königlicher klang.

Frau Honig schien der Auftritt der Lehrerin zu freuen.

»Ich weiß einfach nicht mehr weiter!«, erklärte die Frau Schwietzke-Cleopatra traurig. »Das Land, das ich regiere, darf ich nun nicht einmal mehr betreten. Mein eigener Bruder wünscht meinen Tod, und meine letzte Hoffnung ist der Herrscher des benachbarten Römischen Reiches, Julius Caesar. Nur er allein kann mir noch helfen und mich und meinen Bruder Frieden schließen lassen!« Cleopatra ließ sich auf dem Teppich vor der Tafel nieder. Ihre Hand wanderte theatralisch zur Stirn. »Ich werde mich in diesen Teppich wickeln lassen, um unbemerkt in Caesars Gemächer zu gelangen. So kann ich an den gestrengen Wachen meines Bruders unbemerkt vorbeikommen. Dann werde ich Caesar mit meiner Schönheit und meiner Intelligenz betören.« Sie griff nach dem Teppich und begann sich einzurollen.

Jolanda konnte nicht mehr anders, sie lachte lauthals los.

Doch Frau Schwietzke war noch nicht fertig mit ihrer Vorstellung. Eine Stunde hing Jolanda an ihren Lippen und ließ sich mitnehmen in eine andere Zeit. Sie folgte Cleopatra in die Gemächer des Herrschers des Römischen Reiches, und noch nie zuvor hatte Jolanda Geschichte so spannend empfunden. Auch wenn sie das selbstverständlich nicht zugeben wollte.

Sogar die Hunde schienen an diesem Tag außer Rand und Band zu sein.

»Was für den Menschen der Tag des inneren Kindes ist, ist für den Hund der Tag des inneren Welpen!«, erklärte Frau Honig.

Jolanda konnte es gar nicht fassen, was ihre Hunde da veranstalteten. Sie jagten sich, sie kugelten und wälzten sich auf der Wiese und sie holten tatsächlich die Stöckchen, die Frau Honig für sie wegwarf. Sie wedelten mit den Schwänzen und bellten und taten all das, was normale Hunde normalerweise tun.

Aber Jolanda hatte ihre eigenen Hunde noch nie so erlebt. Wilhelm und Otto waren, als sie sie bekommen hatten, schon durch eine strenge Hundeschule gegangen und hatten gelernt, sich zu benehmen. Zwar nicht, sich wie Hunde benehmen, aber so, dass sie in ihr vornehmes Haus passten.

Nach kurzer Zeit des Rumtobens waren sie auch äußerlich nicht wiederzuerkennen. Ihr Fell war struppig und voller Erde. Otto hing die Zunge seitlich zwischen den Zähnen heraus und Wilhelm grinste wie ein – wie drückte Frau Honig es aus? – »Honigkuchenhund!«, nein, wie ein »Honighundekuchenhund!«

Nach dem Unterricht rief Jolanda allerdings ihre Hunde zu sich und schimpfte sogar mit ihnen, sie sollten jetzt wieder vernünftig werden, sie hätten nun mehr Ähnlichkeit mit zwei Schweinen. Und so wäre der Hundefriseur wohl für die Katz gewesen.

Aber als Frau Honig die beiden betrachtete, sah sie nur eines: zwei glückliche Vierbeiner.

»Und was ist mit meinem inneren Kind, Frau Honig? Und mit Ihrem? Warum sind Sie heute nicht so eigenartig wie all die anderen?«, fragte Jolanda, als sie zurück zum Haus gingen. Die beiden Hunde wieder brav an der Leine.

»Also erstens finde ich es überhaupt nicht eigenartig, wenn man seine Träume verwirklicht und einfach mal wieder macht, was man will. Und da ich *immer* das tue, was ich will, und mich so gebe, wie ich es in diesem Moment möchte, muss ich mein inneres Kind nicht nur an diesem einen Tag wecken. Es kann kommen, an welchem Tag und zu welcher Stunde es möchte. Und du, Jolanda …«, überlegte Frau Honig. Sie sah das Mädchen lange an. »Tja, da bin ich auch etwas ratlos. Normalerweise würde ich sagen, dass Kinder ja sowieso noch Kinder sind und deshalb dieser besondere Tag auch nicht weiter auffällt. Allerdings hatte ich schon gehofft, dass auch dein inneres Kind herausgekitzelt werden würde. Spür doch mal in dich hinein, kribbelt da nicht was? So ganz tief in dir drin? Möchtest du nicht irgendetwas tun, was du schon immer mal tun wolltest und nie durftest?« Frau Honig war stehen geblieben.

»Was denn zum Beispiel?«, fragte Jolanda.

»Na, irgendwas Verrücktes, Albernes?«

Jolanda überlegte fieberhaft. Frau Honig sah ihr dabei zu. »Mir fällt nichts ein!«, sagte Jolanda nach einer Weile.

»Möchtest du nicht zum Beispiel mal allen Bildern deiner Vorfahren im großen Saal Bärte malen?«, schlug Frau Honig vor.

Jolanda schüttelte den Kopf. »Das sind ganz wertvolle Gemälde, die sind steinalt und Erbstücke unserer Ururururahnen.«

»Und wie wäre es, wenn du eine verrückte Modenschau veranstaltest? Nicht mit deiner Kleidung, sondern mit allem, was man sonst so findet, vielleicht mit Vorhängen oder …?«

Doch Jolanda schüttelte bereits wieder den Kopf.

»Auf Abenteuer gehen? Eine Expedition veranstalten? Einfach mal laut schreien?«

»Was soll das bringen?«

Frau Honig seufzte, dann fuhr sie fort: »Sich so lange drehen, bis es einem schwindelig wird? Im Schlamm baden?« Erneutes Kopfschütteln. Da hellte sich Frau Honigs Gesicht auf. »Und wie wäre es mit einem Rülps-Wettbewerb?« Es war Frau Honigs letzte Hoffnung, sie mochte Rülpsen im Grunde überhaupt nicht, aber wenn es vielleicht das war, was Jolandas inneres Kind herauskitzeln konnte, dann sollte ihr das recht sein.

»Ich kann nicht rülpsen!«, behauptete das Mädchen. »Und ich finde es außerdem eklig«, ergänzte sie.

»Da sind wir zumindest mal einer Meinung!«, sagte Frau Honig.

Und dann war der Tag des inneren Kindes, so schnell er gekommen war, auch wieder vorbei.

Als Jolanda am nächsten Morgen aufwachte, murmelte sie Frau Honig verschlafen zu: »Ich hatte einen sehr seltsamen Traum. Alle haben sich aufgeführt wie Kinder!«

Und Frau Honig seufzte einmal tief und ging dann mit den beiden Hunden Gassi.

Fantasie lässt dich alle Sprachen sprechen

Ein bisschen Welpe war wohl in Wilhelm und Otto vom Vortag übrig geblieben, denn sie wedelten zumindest ein bisschen mit den Schwänzen und waren durchaus bereit, wenn auch langsam und bedächtig, dem Stöckchen nachzulaufen, das Frau Honig warf. Und während sie den Hunden dabei zusah, dachte sie über Jolanda nach. Sie wollte einfach nicht aufgeben. Irgendwo in diesem Mädchen musste doch das Kind versteckt sein. Sie war sich ganz sicher! Der Tag des inneren Kindes hatte zwar nicht den gewünschten Erfolg gebracht, aber immerhin schien er dem Personal äußerst gutgetan zu haben. Karl hatte Frau Honig, als sie vorhin durch die Eingangshalle in den Garten gegangen war, angelächelt.

Mechthild hatte beim Kochen gesungen und Frau Schwietzke hatte, als sie eben zum Unterricht erschienen war, den obersten Knopf ihrer Bluse offen gelassen. Wenn das kein gutes Zeichen war!

Doch auch wenn das Personal und auch die Hunde langsam fröhlicher wurden und Fortschritte machten, gab es immer noch drei Personen in diesem Haus, denen ein bisschen Fröhlichkeit nicht schaden würde. Und damit Frau Honig sich erst mal voll und ganz auf eine davon konzentrieren konnte, beschloss sie, dass es Zeit wäre für Herrn und Frau Degenhardt, auf eine längere Geschäftsreise zu gehen.

Wie Frau Honig dies geschafft hatte, konnte danach niemand mehr genau sagen, aber eine Stunde später standen Elsa Honig und Jolanda am Eingang und winkten der Limousine hinterher, die die beiden zum Flughafen brachte.

Kaum waren sie außer Sichtweite, fragte Frau Honig: »Hast du eigentlich Freunde, Jolanda?«

»Klar hab ich Freunde. Alle aus dem Buiss-Kids-Klub.«

»Aha, und was machst du mit ihnen so?«

»Einmal pro Monat haben wir ein Meeting per Skype. Da besprechen wir alles, was so anliegt! Neue Geschäftsideen und wie wir unser Geld gut anlegen können.«

Frau Honig blieb nun fast der Mund offen stehen. »Du hast sie noch nie wirklich getroffen?«

Jolanda schüttelte den Kopf.

»Und was ist mit echten, richtigen Freunden. Kindern?«

»Kinder? Ich brauche keine Kinder!«

»Doch, du brauchst sie.«

»Wozu? Ich hab keine Zeit für andere Kinder, ich habe

immer viel zu tun. Sie kennen doch meinen Wochenplan, Frau Honig.«

»Ja, und genau darüber wollte ich mit dir reden, denn der Plan hat sich soeben vor meinen Augen förmlich in Luft aufgelöst.«

»Wie meinen Sie das?«

Frau Honig griff nach einem Zettel in ihrer Rocktasche und las alles vor, was sie sich notiert hatte: »Der Golflehrer hat leider abgesagt, er meinte, der Wind würde ihn nicht um die Hausecke lassen. Tztztz. Als würde der Wind so etwas tun.«

»Dann nutze ich die Zeit, um meine Französisch-Vokabeln zu lernen.«

»Oh, fast hätte ich es vergessen: Auch Frau Schwietzke kann leider heute nicht kommen. Sie sagte, ihre Haustüre würde klemmen und sie könnte das Haus nicht verlassen. Tztztz. Als ob Haustüren so etwas tun würden.«

Jolanda sah das Kindermädchen an. Ihre Mundwinkel zog sie leicht nach oben.

»Vorsicht, sie haben sich bewegt!«

»Wer?«

»Na deine Mundwinkel. Ich dachte, sie könnten das gar nicht!«

»Dann werde ich mich jetzt um mein Business kümmern«, sagte das Mädchen, ohne weiter auf Frau Honig einzugehen, und setzte sich an den Schreibtisch. Als sie den Computer hochfahren wollte, öffnete sich wie von Geisterhand das Fenster, ein Wind blies hinein, pustete mit voller Kraft und zerzauste Jolandas blonden Haare. Zeitgleich erschien eine grinsende Biene auf dem Bildschirm, dann wurde er dunkel. Jolanda drückte auf den Tasten herum, rüttelte am Bildschirm und überprüfte die Kabel. Aber es tat sich nichts.

Frau Honig ließ den Wind hinaus und schloss dann zufrieden das Fenster.

»Was war das?«

»Der Wind hat wohl das Internet mitgenommen. Vielleicht möchte er verhindern, dass du diesen schönen Tag an deinem Schreibtisch verbringst. Die Sonne scheint. Ich denke, wir werden einen kleinen Spaziergang machen.«

»Frau Honig, Sie widersprechen sich. Sie sagen, es soll schönes Wetter sein. Das ist doch …« Jolanda verstummte, sie sah zum Fenster hinaus und da schien tatsächlich die Sonne am blauen Himmel. »Aber eben hat es noch gestürmt!«

»Der Sturm stürmt jetzt wahrscheinlich bei deinem Golflehrer und drückt gegen die Tür von Frau Schwietzke. Hier stürmt jedenfalls weit und breit nichts.«

Und kurze Zeit später spazierte Frau Honig mit einer gelangweilten Jolanda im Garten umher.

»Das ist total öde!«, beschwerte sie sich.

»Stimmt, ich finde euren Garten auch öde. Zumindest in diesem Teil.«

»Außerdem bin ich allergisch!«

»Gegen was?«

»Fast alles: Blüten und Pollen. Ich bekomme Heuschnupfen. Ich merke jetzt schon, wie meine Augen anschwellen. Zum Glück habe ich morgen keinen Fernsehauftritt, bei dem ich …«

Auf einmal hörten Jolanda und Frau Honig eine Kinderstimme. »Tollte dimme ella si kanta fobiene! Alle festumalente schimensa puddeldingde!«

»Wer spricht da?«, fragte Jolanda.

»Klingt nach einem Kind«, antwortete Frau Honig, griff nach Jolandas Hand und zog sie hinter die große Buchshecke.

Da spielte ein kleines Mädchen. Ihre rotbraunen Haare waren zu zwei kurzen Zöpfchen zusammengebunden. Sie mochte vier oder fünf Jahre alt sein.

»Was machst du da?« In Jolandas Stimme lag ein Hauch von Misstrauen gepaart mit einer Prise Vorwurf.

Die Kleine fuhr herum. Erschrocken und ängstlich blickte sie zu Frau Honig und Jolanda. Gerade wollte sie die Flucht ergreifen, da hielt Frau Honig sie zurück.

»Mefunda defellaru atatise mitik. Kalla tundri ewo rima fellidista eliba?«, sagte Frau Honig.

Jetzt sah das kleine Mädchen Frau Honig mit großen Augen an.

»Du sprichst meine Sprache?«, fragte sie und ihre Augen wurden noch runder.

»Was für eine Sprache soll das bitte sein?«, wollte Jolanda wissen, die die seltsame Unterhaltung mitangehört hatte.

»Das ist Fantastisch, auch Fantasievoll genannt. Die Sprache wird auf der ganzen Welt gesprochen.«

»Das ist doch Blödsinn! Ich spreche fünf Sprachen und habe kein einziges Wort verstanden. Das ist einfach nur Kauderwelsch!«

»Mitnichten, Kauderwelsch hört sich nun wirklich völlig anders an, und außerdem wird es nur nur in Kauderwelsch gesprochen! Es besteht zum großen Teil aus Au-Lauten. Der Satz ›Mein Name ist Jolanda‹ würde also lauten: Mau Naum aust Jaulaundau.« Ernst blickte Frau Honig Jolanda an.

»Pff!«, machte diese wie immer, wenn sie die Augen wegen des seltsamen Kindermädchens verdrehte. »Egal! Was machst du hier in unserem Garten? Weiß du nicht, dass das Betreten verboten ist? Kannst du keine Schilder lesen?«, fragte Jolanda streng.

»Ich bin Finchen. Bist du das komische Mädchen, für das meine Mama kocht?«

»Ich bin überhaupt nicht komisch. Und du verschwindest jetzt von unserem Anwesen, hast du gehört?«

Finchen sah Hilfe suchend zu Frau Honig.

»Was hast du da Schönes gemacht?«, versuchte Frau Honig das Thema zu wechseln und deutete auf einen Stock, der in der Erde steckte. An drei Ästen hatte Finchen Perlen, Federn und Glöckchen angebracht.

Finchen lächelte stolz. »Ich hab einen Baum gepflanzt. Und jetzt gieß ich ihn jeden Tag, und bald wachsen Himbeerbonbons dran. Die pflück ich dann, und wenn du willst, schenke ich euch ein paar.« Liebevoll betrachtete sie ihren eingepflanzten Stock.

»Das ist Unsinn!«, sagte Jolanda. »Erstens kann man Stöcke nicht einfach so einpflanzen. Die werden kein Baum. Dazu bräuchte es Wurzeln, weißt du das nicht? Und zweitens, selbst wenn dieser Stock Wurzeln hätte, würden keine Himbeerbonbons daran wachsen. Him-

beerbonbon-Bäume gibt es nämlich nicht. Es ist also vertane Zeit.«

Finchen sah Jolanda traurig an. »Gibt's die wirklich nicht? Aber ich hab mir so Mühe gegeben! Es war ziemlich anstrengend, das Loch zu buddeln und den Baum da reinzukriegen«, sagte sie und ihre Augen füllten sich mit Tränen.

»Finchen, ich glaube, es lohnt sich, deinen Baum zu gießen. Und wenn du ganz viel mit ihm sprichst, wird er sicher in einiger Zeit grüne Blätter haben und du kannst bald mit der Ernte beginnen.«

Jetzt hellte sich Finchens Miene wieder auf. »Glaubst du das?«, fragte sie das Kindermädchen.

»Ja, das glaub ich. Ich weiß es zwar nicht ganz genau, aber ich glaub es. Wissen kann man es nie, aber wenn man es nicht ausprobiert, findet man es auch nicht heraus. Also bleibt einem nichts anderes übrig, als es einfach erst einmal zu glauben.« Sie warf Jolanda einen strafenden Blick zu.

Finchen streichelte ihren Baum und flüsterte ihm zu: »Kalle fidele alla tatumbra momentani!«

»Was hat sie gesagt?«, fragte Jolanda und rümpfte die Nase.

»Sie hat gesagt, dass sie nicht aufhört, an ihren Baum zu glauben!«

»Finchen!«, rief auf einmal Mechthild und ihre kleine Tochter antwortete: »Hier bin ich!«

Kurz darauf stand die Köchin vor Frau Honig und Jolanda. »Oh, es tut mir sehr leid, ich musste Finchen heute mitbringen, weil meine Mutter krank ist und sie deshalb nicht auf sie aufpassen kann. Und es sind ja Ferien, da ist der Kindergarten zu und …«

Jolanda holte Luft, doch bevor sie etwas sagen konnte, kam ihr Frau Honig zuvor: »Das ist doch kein Problem. Der Garten ist so groß, da könnte eine ganze Horde Kinder spielen. Machen Sie sich keine Gedanken, Mechthild. Ich kann mich solange auch um Finchen kümmern.« Erneut holte Jolanda Luft, doch wieder war Frau Honig schneller: »Schließlich bin ich ein Kindermädchen. Und ich würde ja Kindmädchen heißen, wenn ich mich nur um ein Kind kümmern könnte.«

»Das würden Sie tun?«, fragte Mechthild erstaunt.

»Natürlich. Ihre Tochter und ich haben uns schon angefreundet, nicht wahr, Finchen?«

»Hewelius unoso!«, antwortete das kleine Mädchen.

»Pff!«, machte Jolanda, und Mechthild lachte glücklich auf. »Da fällt mir echt ein Stein vom Herzen. Aber sollten wir nicht zuerst Herrn und Frau Degenhardt um Erlaubnis fragen?«

»Sie sind ja momentan auf Dienstreise und aus irgendeinem seltsamen Grund ist wohl die Telefonverbindung gestört. Der Wind scheint sie einfach weggeweht zu haben! Wer weiß, wo er sie hinweht. Vielleicht ja wirklich zu den Kauderwelschern.«

Jolanda seufzte nur über die komischen Einfälle und Erklärungen von Frau Honig.

»Also bringen sie sie einfach morgen, wenn Sie zur Arbeit kommen, bei mir vorbei. Wir werden einen schönen kleinen Ausflug unternehmen!«

Zum dritten Mal holte Jolanda Luft und zum dritten Mal kam sie nicht dazu, etwas dagegen zu sagen.

»Ich bereite einen kleinen Picknickkorb vor, wenn es recht ist!« Fröhlich winkend nahm Mechthild ihre Tochter an der Hand.

»Allewimbra!«, rief die Kleine, und Frau Honig antwortete: »Allewimbra!«, und winkte ihr hinterher. Als sie zu Jolanda sah, verschränkte diese die Arme vor der Brust. Wutschnaubend drehte sie sich um und ging Richtung Haus.

Frau Honig folgte ihr.

»Sie hätten mich erst um Erlaubnis fragen müssen!«, schnaubte das Mädchen.

»Deine Eltern haben mir ihr volles Vertrauen geschenkt. Das heißt, ich darf selbst entscheiden, wie viele Kinder ich unter meine Fittiche nehme.«

»Außerdem haben Sie die Kleine angelogen!«

»Hab ich das?« Frau Honig blieb erstaunt stehen.

»Ihr Stock wird niemals zum Baum, und das wissen Sie ganz genau, Frau Honig.«

»Ich habe doch bereits gesagt, dass man es nicht wissen kann, wenn man es nicht ausprobiert. Und ich habe gesagt, dass ich daran glaube. Es heißt ja, Glaube kann Berge versetzen. Und wenn der Glaube Berge versetzen kann, dann kann er doch mit Leichtigkeit einen Stock Wurzeln schlagen lassen, nicht wahr?«

Jetzt blieb Jolanda ruckartig stehen. Sie seufzte. »Frau Honig, Sie haben dieses Kind angelogen. Und man lügt nicht!«

»Ich wiederhole: Ich habe sie nicht angelogen, ich habe ihr ihre Fantasie zurückgegeben, die du ihr fast genommen hättest.«

»Fantasie ist nicht real.«

»Natürlich nicht. Sonst wäre es ja keine Fantasie!«

Wieder stöhnte Jolanda. »Fantasie ist zu nichts nutze!«

»Oho, oho, oho! Fantasie ist wichtiger als Wissen, denn Wissen ist begrenzt!«

»Wenn man kein Wissen hat, ist man dumm!«

»Wenn man keine Fantasie hat, ist man arm!«

»Ich bin eines der reichsten Kinder in Deutschland! Ich bin also ganz sicher nicht arm!«

»Weißt du, Leonardo da Vinci träumte bereits von

Fluggeräten wie Hubschraubern, lange bevor diese realisiert wurden. Erst viel später wurden seine Träume zu den Erfindungen, von denen wir heute noch profitieren. Aber angefangen hat alles mit dem Traum eines kleinen Jungen!«

Jolanda verdrehte noch einmal die Augen, ließ ihr berühmtes »Pff« hören und ging ohne ein weiteres Wort zur Villa.

Frau Honig seufzte. Eine harte Nuss hatte sie hier zu knacken. Als sie sich umdrehte, bemerkte sie einen Kinderkopf mit kurzen Strubbelhaaren. Dieser verschwand augenblicklich in den Zweigen des Baumes über ihr. Frau Honig lächelte in sich hinein. Dann lief sie Jolanda hinterher. »Liebe Jolanda, bald hast du bestimmt alle deine Pffs aufgebraucht.«

Jolanda lachte laut auf. »Man kann keine Buchstaben aufbrauchen. Die sind immer da!«

»Nichts ist für immer!«, konterte Frau Honig. »Und jeder Buchstabe und jedes Wort sollte genauestens überlegt sein. Und wenn du weiterhin deine Ps und Fs nur dazu benutzt, deinen Unmut auszudrücken, dann sehe ich schwarz für die Zukunft dieser beiden Buchstaben.«

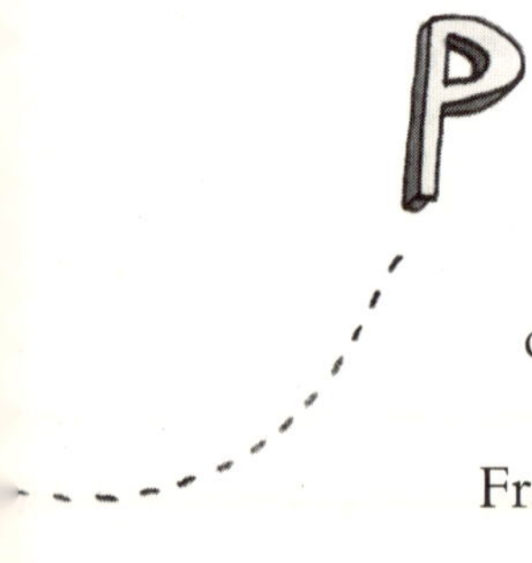

»Pff!«, machte Jolanda erneut.

Frau Honig sah dem P und den Fs nach, wie sie

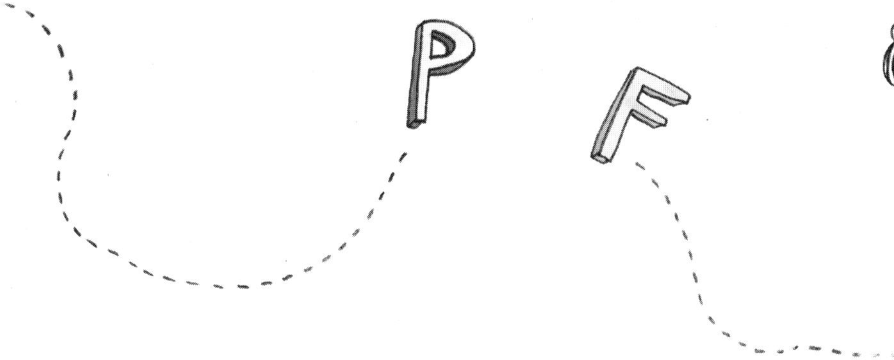

aus Jolandas Mund herausflogen und im Himmel verschwanden. »Die sind weg!«, sagte sie nüchtern.

»Sie sind wirklich das seltsamste Kindermädchen, das ich je hatte!«

»Danke!« Frau Honig lächelte.

»Ich rage mich, Rau Honig, ob Sie überhaut Ädagogin sind. Ür mich sind Sie jedenalls die aradoxeste unerekteste Rau, die ich jemals getroen habe. Und ich hatte schon viel Ersonal.« Jolanda legte erschrocken die Hand vor den Mund. Es war tatsächlich passiert. Ihre Ps und Fs waren verschwunden. Das konnte doch nicht sein! Sie sah Frau Honig an, die ihren Blick mit hoch gezogenen Augenbrauen erwiderte.

»Ist etwas nicht in Ordnung?«, fragte sie unschuldig.

»Ich hab das Geühl, irgendwas ist mit meiner Srache assiert.«

»Ja, ich gebe zu, du hörst dich irgendwie seltsam an!«

»Oh nein! Ich muss doch jetzt zum Radiosender und habe dieses Live-Interview … Das hätte ich in dem ganzen Trubel jetzt ast vergessen!«

»Ach, das wird schon, sag einfach erst mal nichts, und bis dahin sind deine Ps und Fs vielleicht schon wieder zurückgekommen!«

»Hoentlich!«

»Und wenn nicht, dann pass nur auf, dass du keine Wörter mit P und F benutzt, ganz einfach!«

»Ja, ganz einach!«

Auf der Fahrt in den Radiosender suchte Jolanda in ihrem Kopf nach allen Wörtern, die sie auf jeden Fall vermeiden sollte. Sie versuchte Sätze zu bilden, in denen keine Ps und Fs vorkamen, und plötzlich schien es ihr gar nicht mehr so schwer, denn sie stellte fest, dass die beiden Buchstaben tatsächlich nicht so wichtig waren wie zum Beispiel ein E oder ein A. Trotzdem hielt sie sich mit langen Sätzen erst einmal zurück und lächelte nur höflich, als sie dem Radiomoderator vorgestellt wurde. Er hieß Kalle und der Titel der Sendung lautete: *Die Sendung mit Kalle*.

Frau Honig fand den Titel nicht sehr kreativ, trotzdem gehörte sie zu den bekanntesten Radiosendungen und wurde von Tausenden von Zuhörern geliebt. Alles wurde live aufgenommen, was bedeutete, dass alle Hörer das, was man sagte, direkt und sofort und ohne Verzögerung mitverfolgen konnten. Was natürlich toll war. Nicht so toll und deshalb sehr aufregend war allerdings, dass man nichts wiederholen konnte, falls mal etwas nicht funktionierte oder man sich komplett verhaspelte.

Frau Honig setzte sich in dem kleinen Aufnahmestudio auf ein Sofa und beobachtete, wie Jolanda ein Kopfhörer aufgesetzt wurde und der Moderator ihr erklärte, worauf es ankam, wenn man im Radio war. Sie sollte immer mittig auf das Mikrofon sprechen. Und das deutlich und laut. Auf gar keinen Fall sollte sie nuscheln. Auch nicken oder Kopf schütteln auf eine Frage wäre nicht so gut, meinte Kalle, denn das würden die Leute da draußen ja nicht hören. Er lachte ein Moderatorenlachen und Jolanda zog kurz und höflich die Mundwinkel nach oben. Sie hatte schon einige Radiointerviews gegeben, da war das alles natürlich schon fast Routine für sie.

Für Frau Honig dagegen war alles neu. Sie besah die unzähligen Knöpfe und Regler auf dem riesigen Mischpult. Ihre Finger kribbelten. Sie hätte zu gern hier und da und eigentlich überall einmal gedrückt, geschoben und gedreht. Oder vielleicht sogar zweimal. Denn Frau Honig liebte es, auf Knöpfe zu drücken und zu sehen, was dann passierte. Gerade als sie ihren Zeigefinger, den sie auch den Knopfdrück-Finger nannte, fast nicht mehr halten konnte und dieser sich Richtung Mischpult bewegte, blickte Kalle zu ihr hinüber.

Er hob grinsend die Hand. »Halt! Niemand darf hier Knöpfe drücken außer mir!«

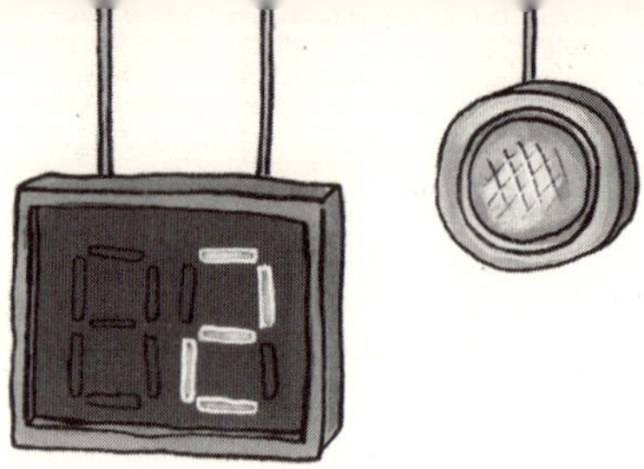

Frau Honig fühlte sich ertappt. Sie zog den Finger zurück und steckte ihre Hand in ihre Jackentasche, damit sie nicht noch einmal in Versuchung kam.

Und schon ging es los.

»Wir sind gleich auf Sendung!«, sagte der Moderator und deutete auf eine Anzeige, auf der rote Zahlen zu sehen waren, die die Minuten und Sekunden herunterzählten. Eine Art Ampel leuchtete rot auf und als die Zahlen 3, 2, 1 zeigten, holte der Moderator tief Luft und schon ging die Sendung los. Kalle sprach auf einmal nicht mehr wie er eben gesprochen hatte, sondern mit so einer Moderatorenstimme. Als hätte er eine ganze Packung Gummibärchen verschluckt. Frau Honig sah ihm interessiert zu. »Einen wunderschönen Nachmittag, und herzlich willkommen bei der *Sendung mit Kalle*. Ich bin Kalle und werde euch durch die nächsten eineinhalb Stunden führen. Und wir haben heute eine bezaubernde Dame bei uns zu Gast. Genauer gesagt zwei, denn diese junge Dame hat ihr Kindermädchen mitgebracht. Und obwohl die junge Dame noch sehr jung ist, ist sie bereits Mitglied bei den Buiss-Kids. Den Kindern, die schon in jungen Jahren erfolgreiche Unternehmen leiten. Und jetzt will ich euch nicht länger auf die Folter spannen. Hier im Studio sitzt die bezaubernde Jolanda Degenhardt. Schön, dass du da bist!« Jolanda beugte sich zum

Mikrofon vor wie ein alter Hase und erwiderte: »Ich reu mich auch!« Sie riss die Augen weit auf und blickte zu Frau Honig hinüber, die ihr mit einer Geste zu verstehen gab, ruhig zu bleiben.

»Na dann, euen wir uns beide, was?« Kalle lachte. »Als Erstes, Jolanda, damit die Zuhörer wissen, welches Business du leitest, würden wir gern mal den allseits bekannten Text aus deinem aktuellen Werbespot hören. Kannst du den für uns sprechen?«

Jolanda nickte unsicher. Dann holte sie tief Luft, setzte ihr Werbespotlächeln auf und flötete: »Ühlst du dich ausenlos ausgeowert? Bist du ix und ertig? Bist du ot aus der uste? Brauchst du eine ause? Dann hab ich das erekte Rezet ür dich. Krisy risy, die Cornlakes, die dich eig machen. Geben Krat und assen erekt zum rühstück. Mmmmmh. Abelhat! Krisy risy! Ohne künstliche arbstoe. robiert sie doch einach!«

Jetzt war es erst einmal still. Der Moderator sah Jolanda verwundert an.

Jolanda atmete schwer. Sie hatte während des Textes nur auf ihren Ausdruck geachtet und erst im Nachhinein bemerkt, dass auch hier sämtliche Ps und Fs fehlten, und dieser Werbespottext im Grunde fast nur aus P- und F-Wörtern bestand. Erneut guckte sie Hilfe suchend zu Frau Honig hinüber. Diese stand auf. Jolandas Augen hatten sich mit Tränen gefüllt. Sie schluckte.

Frau Honig streichelte dem Mädchen über den Rücken, führte es kurzerhand hinüber zum Sofa und nahm seinen Platz am Mikrofon ein. Sie setzte sich schnell den Kopfhörer auf und redete auch sofort los. »Tja, Wette gewonnen, würde ich sagen, Jolanda.«

»Sie hatten eine Wette laufen?«, fragte Kalle und schien erleichtert, dass das Kindermädchen übernahm.

»Jolanda hat gewettet, dass sie sich traut, diesen Text ohne Fs und Ps zu sprechen.«

»Verstehe!«, lachte Kalle. »Und was war der Wetteinsatz?«

»Wenn sie es schafft, sollte ich das Interview weiterführen. Wissen Sie, Herr Kalle, ich bin äußerst schüchtern und dies ist wirklich eine Überwindung für mich.«

»Na ja, dann also willkommen, Frau Honig, so heißt nämlich Jolandas Kindermädchen!« Ein wenig verwirrt guckte Kalle von Jolanda zu Frau Honig und wieder zurück.

Jolanda stand noch immer der Angstschweiß auf der Stirn.

»Frau Honig, erzählen Sie uns doch mal etwas über Krispy Frispy – die Cornflakes, die dich peppig machen!«

»Nichts lieber als das!«, begann Frau Honig und sie wirkte alles andere als schüchtern. Im Gegenteil. Sie schien das Interview zu genießen und sich äußerst wohlzufühlen. Deshalb plapperte sie ohne Punkt und Komma los. »Wir planen eine totale Erneuerung der Marke. Jolanda hat bemerkt, dass das Produkt viel zu süß und ungesund für Kinder ist. Und weil ihr und ihrer Familie das Wohl aller Kinder und die Gesundheit aller am Herzen liegt, arbeiten gerade die besten Köche der Gegend an einer nigelnagelneuen Rezeptur!«

Jolanda schnappte nach Luft. Doch als Kalle zu ihr hinübersah und ihr ein Daumenhoch-Zeichen machte, lächelte sie und nickte zaghaft.

Frau Honig fuhr fort. »Das Rezept ist natürlich geheim, aber eine wichtige Zutat wird Honig sein, den die Bienen im Garten der Familie Degenhardt eigens dafür produzieren. Dafür werden die verschiedensten Pflanzen angesät, damit die Bienen den besten Nektar sammeln können!« Jetzt holte Kalle Luft, um eine Frage zu stellen, doch Frau Honig sprach weiter: »Und am ersten August-Sonntag wird es einen Tag der offenen Gartentür geben. Da werden die neuen Frühstücksflocken vorgestellt und jeder darf probieren. Es wird ein großes Fest veranstaltet. Und jeder darf so viele *Honigbienchen* essen, wie er will.«

»*Honigbienchen?*«, hakte Kalle noch mal nach.

»Ja, denn so werden sie heißen, die neuen Cornflakes,

Honigbienchen. Sie werden aussehen wie kleine Honigbienen und schmecken werden sie natürlich nach, na?« Sie sah den Moderator abwartend an.

»Honig?«, fragte dieser, und Frau Honig nickte zufrieden.

»Honig! Ganz genau!«

»Also, ihr habt es gehört, kommt am ersten Sonntag im August zum Tag der offenen Gartentür in die Villa Degenhardt und probiert die neuen gesunden Frühstückscerealien! Jolanda, möchtest du vielleicht auch noch etwas sagen?« Kalle drehte sich auf seinem Drehstuhl zu Jolanda.

Diese stand wie hypnotisiert auf und ging zum Mikrofon. Ihre Schritte waren schwer wie Blei. Aber was blieb ihr anderes übrig? Sie wollte nicht die Spielverderberin sein. Deshalb sagte sie laut und deutlich: »Wir euen uns au euch!«

Als Jolanda wieder bei Eugen im Wagen saß, kochte sie vor Wut.

»Rau Honig, wie konnten Sie so etwas versrechen? Krisy risy lauen gut. Wir werden keine neuen Rühstückslocken abrizieren. Und einen Tag der oenen Gartentür wird es sicher auch nicht geben!«

»Und wenn wir es schaffen, Jolanda?«, flüsterte Frau Honig und sah das Mädchen durchdringend an. »Wenn wir es schaffen, Frühstücksflocken zu zaubern, die schmecken *und* gesund sind. Und wenn damit kein Kind mehr Bauchweh haben würde, kein Zahn mehr durch deine Krispy Frispys Löcher bekäme. Kein Kind mehr übergewichtig werden würde durch die Unmengen an Zucker in deinem Produkt und alle Eltern, ohne ein schlechtes Gewissen zu haben, ihren Kindern diese Cornflakes zum Frühstück servieren dürften. Wäre das nicht wunderbar?«

Jolanda überlegte eine Weile. »Ich gebe Ihnen einen Nachmittag, Rau Honig. Einen einzigen Nachmittag. Und ich bezweile sehr, dass Sie das schaen!«, sagte sie schließlich.

»Ich bezweifle auch, dass ich das schaffe!«, stimmte Frau Honig zu.

»Dann geben Sie lieber gleich au.«

»Ich werde es nur dann schaffen, wenn alle zusammenhelfen!«

»Wer alle?«

»Na alle, der Gärtner, die Köchin, der Butler und Finchen und vor allem du.«

»Ich? Ich soll kochen? Ich kann das gar nicht!«

»Dann wird es Zeit, dass du es lernst. Oh und dann gibt es noch ein paar, die einen maßgeblichen Teil dazu beitragen werden: die Bienen!«

Mit Fantasie kannst du auf Drachen reiten

»Mechthild, wir brauchen alle Buchstabennudel-Tüten, die wir im Haus haben.« Zielstrebig war Frau Honig mit Jolanda im Gefolge in die Küche gekommen.

Ohne nach dem Grund zu fragen, verschwand Mechthild in der Speisekammer und kam kurz darauf mit sieben Päckchen Buchstabennudeln wieder heraus. Finchen saß am Küchentisch und malte. Neugierig beobachtete sie das Geschehen.

Frau Honig holte sich zwei Schüsseln und leerte die Buchstaben aus den Tüten hinein. Jolanda hatte am Küchentisch Platz genommen. »Und jetzt suchst du bitte alle Ps und Fs raus, die du finden kannst.« Frau Honig stellte dem Mädchen die Schüsseln vor die Nase. »Mechthild wird dir eine schöne Buchstabensuppe zubereiten. Aber heute eben nur mit den beiden Buchstaben, die dir verloren gegangen sind.« Jolanda wollte gerade die Augen verdrehen und ihre berühmten Pffs sagen, da hielt sie sich gerade noch rechtzeitig zurück. Abgesehen davon, dass ihr in ihrem derzeitigen Zustand wahrscheinlich kein

Laut über die Lippen gekommen wäre. Vielleicht sollte sie sich neue Buchstaben dafür aussuchen. So was wie Zzz. Aber dann wären vielleicht in kurzer Zeit keine Zs mehr da. Also seufzte sie einmal tief und fing dann an, ohne zu murren die Ps und Fs aus der Buchstabennudel-Schüssel zu suchen.

»Das dauert aber lang, Rau Honig, kann inchen nicht helen?«, sagte sie nach einer halben Stunde.

»Die Suppe musst du schon selbst auslöffeln. Du hast ja auch lange Zeit gehabt, um deine Ps und Fs aufzubrauchen. Immerhin zehneinhalb Jahre. Da ist das Zurückholen natürlich nicht hoppladihoppo geschehen«, erwiderte das Kindermädchen.

Und endlich war die Suppe mit Ps und Fs fertig. Jolanda hatte fast den Eindruck, noch nie in ihrem Leben eine so schmackhafte Suppe gegessen zu haben.

»Und jetzt versuch's mal!«, bat Frau Honig sie, als kein einziges P und kein F mehr auf ihrem Teller lag.

Jolanda holte vorsichtig Luft. »Die Suppe war fantastisch!« Sie freute sich unglaublich, als die Ps bei *Suppe* und das F bei *fantastisch* wieder aus ihrem Mund kamen. Auch Finchen jubelte begeistert!

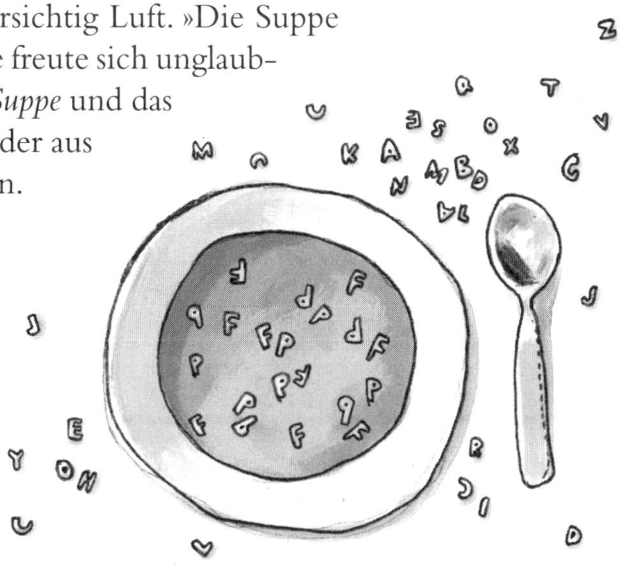

»Ich habe irgendwie das Gefühl, wir werden beobachtet«, sagte Jolanda, als sie am nächsten Tag neben Frau Honig und dem kleinen Finchen durch den Garten spazierte. Ihre Fs und Ps hatten sich schon fast alle wieder eingefunden, nur hin und wieder blieb eines verschwunden.

Mechthild hatte den dreien einen schönen Picknickkorb gepackt und nun suchten sie nach einem geeigneten Plätzchen.

Plötzlich fielen ein paar Zweige und Blätter vom Baum. »Da sitzt aber ein großer Vogel drauf!«, lachte Finchen und rubbelte sich die Blätter aus den Haaren.

Jolanda sah nach oben. »Wer bist du? Und was machst du hier? Zeig dich!«, befahl sie. Der Zweig schüttelte sich, als würde er »Niemals« sagen wollen. »Ich befehle dir, dich zu zeigen. Dies ist mein Garten und egal, wer du bist, du bist hier nicht willkommen!«

Zwischen den Blättern erschien ein Kopf mit strubbeligen Haaren.

»Jakob!«, rief Frau Honig erfreut aus.

»Sie kennen den?«, fragte Jolanda erstaunt.

»Das ist der Sohn des Gärtners, ein sehr netter Junge.«

Jakob kletterte geschickt vom Baum herunter.

»Was hast du da oben gemacht?«, wollte Jolanda wissen.

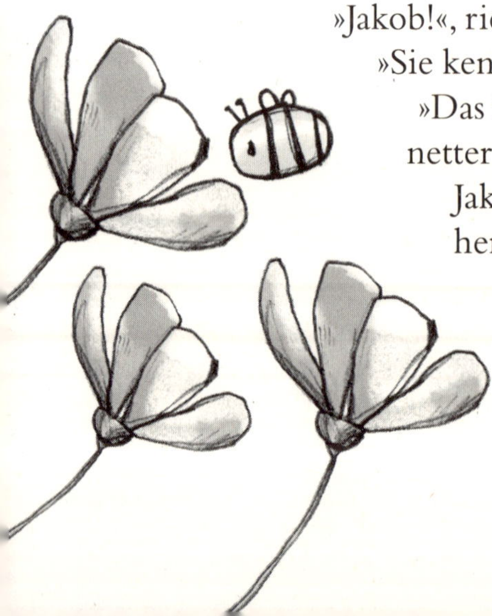

»Ich sitze da – und schaue!«

»Du beobachtest mich?«

»Nein, ich schaue über die Baumwipfel – ganz weit in die Ferne. Ich möchte später die Welt bereisen. Da muss man schon mal schauen, wo es langgeht. Ich beobachte die Vögel, die Eichhörnchen um mich rum und irgendwann spring ich auf eine Wolke, die vorbeizieht, und sie nimmt mich mit in die Welt!«

Jolanda sah Jakob irritiert an. »Auf Wolken kann man nicht fliegen. Du würdest durch sie hindurchfallen, denn sie bestehen nur aus Wasserdampf.«

»Ich weiß, aber ich finde es einfach schön, es mir vorzustellen!«, sagte Jakob ernst. »Du bist also die traurige Jolanda!« Er musterte das Mädchen. »Ich habe dich selten hier draußen gesehen. Dabei habt ihr so einen riesigen Garten.«

»Ich bin überhaupt nicht traurig. Ich habe lediglich Heuschnupfen, deshalb bleibe ich lieber drin.«

»Wie wäre es«, schaltete sich Frau Honig ein, »wenn wir vier ein kleines Picknick machen würden, um uns näher kennenzulernen.«

»Frau Honig, Sie sind *mein* Kindermädchen und ich entscheide …«, protestierte Jolanda entrüstet.

»Wie schon erwähnt, ich bin ein *Kinder*mädchen und kein *Kind*mädchen. Wobei das Wort Mädchen vielleicht auch nicht mehr ganz stimmt. Nein, doch ein Mädchen bin ich manchmal schon noch. Ich meine, wer verbietet Frauen, Mädchen zu sein? Und überhaupt, Jolanda, andere Kinder werden dir guttun. Du hast viel zu viel mit Erwachsenen zu tun. Kinder brauchen Kinder!«

»Ich brauche keine Kinder. Kinder sind anstrengend. Sie machen nie, was man sagt!« Jolanda verschränkte die Arme vor der Brust.

»Das ist ja das Gute! Nirgendwo wirst du so viel lernen, Jolanda! Glaub mir!« Und sie gab den Kindern ein Zeichen, ihr zu folgen. Es ging Richtung Haus.

»Und bevor wir picknicken, werden wir jetzt erst mal etwas ganz Verrücktes machen!« Frau Honig sah sich suchend um. Dann fiel ihr Blick auf das Dach des Hauses und ihre Bienenstöcke. »Wie wäre es mit einem Spaziergang aufs Dach?«

»Oh ja!«, riefen Finchen und Jakob im Chor. Finchen machte sogar einen kleinen Luftsprung.

»Aber ist es nicht verboten, aufs Dach zu gehen?«, fragte Jolanda.

»Warum verbietet das Verbot,
mit Strafe wird sogar gedroht.
Und macht es dann erst interessant.
Das ganze Leben ist riskant,
zu tun, wozu mich gar nichts triebe,
wenn es unverboten bliebe.

Ein Gedicht meines Onkels! Vieles auf der Welt wäre völlig uninteressant, wenn es nicht verboten wäre.«

»Aber ein Verbot hat doch einen Sinn!«

»Ja, da hast du vollkommen recht. Es gibt Verbote, die sind wichtig, weil sie uns schützen oder uns sagen, was richtig ist und was nicht. Aber in diesem Fall gibt es nur eine Sache, die wir tun müssen.«

»Und was?«

»Wir müssen gut auf uns aufpassen.«

»Ich kann auch noch auf den Jakob aufpassen!«, sagte Finchen und lächelte den Jungen an.

»Das ist gut, dann hab ich überhaupt keine Angst mehr!«, antwortete Jakob und lachte.

Widerwillig ließ sich Jolanda mitziehen. Ins Haus, die Wendeltreppe hinauf, durch die Luke und aufs Dach. Dort entdeckten sie die Bienenstöcke.

»Sind die Bienen da drin?«, fragte Finchen neugierig.

»Die meisten sind gerade ausgeflogen. Aber die Königin ist immer da und die Putzbienen sind auch da, die den Bienenstock und die Waben sauber halten!«

»Müssen die Putzbienen ihr ganzes Leben lang nur putzen?«, fragte Finchen mitleidig.

»Die Bienen wechseln in ihrem Leben sehr oft ihre Berufe!«, erklärte Frau Honig. »Putzbienen werden am vierten Tag ihres Lebens zu Ammenbienen. Und kümmern sich um den Nachwuchs.«

»Und dann?« Finchen versuchte durch das kleine Loch zu gucken. Auch Jakob hörte Frau Honig interessiert zu. Jolanda stand etwas abseits und hielt sich am Kamin fest. Sie sah ängstlich zu den dreien hinüber.

»Am vierzehnten Tag werden sie zu Baubienen, da sie dann Wachs produzieren und die Waben bauen können!«

»Und dann?«, fragte Finchen erneut.

»Vom siebzehnten bis neunzehnten Tag ihres Lebens bewachen die Bienen den Eingang ihres Bienenstocks. Sie sind dann Wachbienen von Beruf!«

»Mein Vater war auch schon viel!«, erzählte Jakob. »Buchbinder, Rosenzüchter, Fischverkäufer, Kellner …«

»Er ist also gar kein ausgebildeter Gärtner?« Jolanda sah Jakob alarmiert an.

Und jetzt fiel Frau Honigs Blick auf Jolanda, die immer noch festgeklammert am Schornstein hing. »Jolanda, komm doch hier rüber, hier ist das Flachdach, auf dem kann man ganz entspannt sitzen. Und hier können wir gemütlich picknicken, die Beine baumeln lassen und über den ganzen Garten schauen.« Sie reichte ihr eine Hand.

»Ich kann nicht, ich hab Angst!«

»Du wirst nicht runterfallen, das Dach ist nicht sehr steil und siehst du da am Ende das kleine Auffanggitter, das würde dich stoppen, solltest du runterrutschen.«

»Vor den Bienen!«, sagte Jolanda leise.

»Meine Bienen werden dir nichts tun. Versprochen! Wenn das Wetter umschlägt sind sie zwar manchmal ein bisschen schlecht gelaunt. Aber selbst dann stechen sie nicht. Nur wenn du sie bedrohst, dann werden sie tatsächlich etwas ungemütlich.«

Langsam löste Jolanda ihre Finger vom Schornstein und ergriff Frau Honigs Hand, die ihr diese immer noch entgegenhielt. Sie half dem Mädchen Schritt für Schritt zu der Stelle hinüber, an der das Dach flacher wurde und die Bienenstöcke standen.

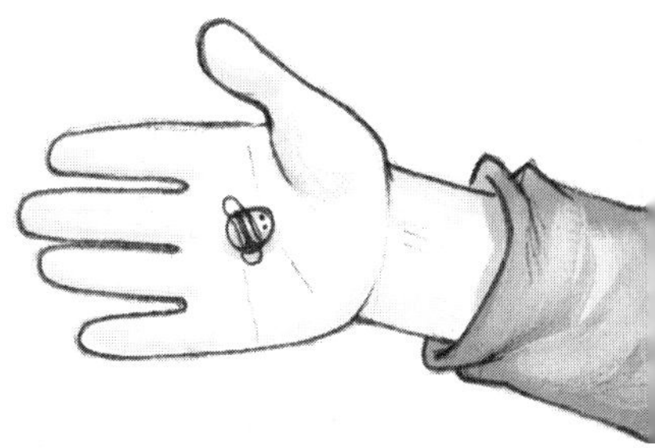

»Streck mal bitte deine Hand aus, Jolanda.« Und Jolanda drehte ihre Handfläche nach oben. Dann steckte Frau Honig zwei Finger in den Mund und pfiff, sogleich kam ein Bienchen angeflogen. »Hier ist Jolanda, sie möchte dich gern kennenlernen!«, sagte sie liebevoll. Und die Biene nahm vorsichtig auf Jolandas Hand Platz.

»Ich hab Angst, sie wird mich stechen!«, jammerte Jolanda.

»Nein, das wird sie nicht! Schau sie dir doch mal genauer an, Jolanda. Ist sie nicht wunderschön? Mit ihrem weichen Fell und den gelb-schwarzen Streifen? Und diese durchsichtigen wunderschönen Flügel.«

In diesem Moment schien Jolanda sich nur noch auf das kleine Tier vor sich auf der Hand zu konzentrieren. Ihre Angst hatte sie vergessen. »Es kitzelt!«, flüsterte sie und kicherte sogar ein kleines Kinderkichern. »Was für große schöne Augen sie hat!«, fügte sie hinzu und beobachtete ganz genau, wie die Biene auf ihrer Hand entlangkrabbelte. Dann flog diese auf und verschwand im Himmel. »Wo fliegt sie hin?«, fragte Jolanda.

»Sie ist zur Sammlerin geworden. Sie schwirrt aus, um Nektar zu suchen!«, erklärte Frau Honig. Dann klopfte sie sacht an den Bienenstock. »Guten Morgen, da drin! Darf ich eintreten und mir etwas Honig stibitzen?« Sie legte ihr Ohr auf den Korb.

»Was sagen die Bienen?«, flüsterte Finchen.

»Sie sagen: Nur herein, herein!« Frau Honig nahm den Bienenstock und drehte ihn um. Vorsichtig zog sie einen Rahmen mit Waben heraus. Mit einem kleinen Messer kratzte sie ein wenig davon ab und hielt es Jolanda hin. »Das ist Honig-Kaugummi. Genau genommen Entdeckelungswachs. Es ist das reinste und wertvollste Wachs. Das ist sehr gesund. Da sind Blütenpollen, Propolis und natürlich alle Inhaltsstoffe des Wachses und des Honigs drin. Es schmeckt einfach wie ein Honig-Kaugummi. Probier mal, Jolanda!«, forderte das Kindermädchen Jolanda auf. Diese steckte zögerlich das Wachs in den Mund und kaute.

»Schmeckt's?«, fragte Finchen, der Frau Honig ebenfalls ein Stückchen reichte.

Jolanda konnte nicht antworten. Sie schloss die Augen und ließ den Geschmack auf ihrer Zunge zergehen. Mit jedem Mal Kauen löste sich etwas Honig und floss ihre Kehle hinunter. Ihr wurde warm und immer wärmer.

»Das ist außerdem das beste Mittel gegen Heuschnupfen und Allergien!«, sagte Frau Honig erfreut, und auch Jakob bekam eine Portion. Zuletzt steckte Frau Honig sich selbst ein Stückchen in den Mund und schweigend und kauend saßen die vier nun nebeneinander auf dem Dach der Villa Degenhardt und genossen den besten Kaugummi der Welt.

»Ich kann eine Honig-Kaugummiblase machen!«, tönte Finchen. Doch alles, was aus ihrem Mund kam, war ein bisschen Spucke.

»Oh, eine wunderbare Blase!« Frau Honig lachte begeistert auf.

»Sie haben es schon wieder getan!«, beschwerte sich Jolanda.

»Was denn?«

»Die Kleine angelogen.« Und an Finchen gewandt fuhr sie fort: »Du hast nur Spucke gespuckt und keine einzige Kaugummiblase gemacht!«

»Dafür die beste Spuckespucke, die ich je gesehen hab!«, fügte Jakob hinzu, bevor Finchen traurig gucken konnte.

Ihr Gesichtchen hellte sich auf. »Danke, Jakob«, sagte sie. »Und wenn ich groß bin, heirate ich dich dafür!«

Jolanda warf den Kopf nach hinten. »Pff!«, machte sie mal wieder. »Es kann doch nicht sein, dass eine Lüge mehr zählt als die Wahrheit«, murmelte sie.

»Bist du etwa eifersüchtig?« Jakob grinste verschmitzt.

»Worauf sollte ich eifersüchtig sein?«

»Na, dass Finchen mir einen Heiratsantrag gemacht hat und nicht dir!«

»Pff«, machte Jolanda erneut. Doch dann fiel ihr ein, was mit ihren Ps und Fs passiert war, und sie erschrak.

»Jetzt kam auch Spucke aus deinem Mund, Jolanda!«, sagte Finchen. »Aber die war nicht so schön wie meine, stimmt's, Jakob?«

Jakob lachte laut auf. »Ja, das stimmt. Sie war nicht übel, aber nicht so schön wie deine, Finchen!«

Auch Frau Honig lachte.

»Und was machen wir jetzt?«, fragte Jakob nach einer Weile. Sie hatten sich die Leckereien aus dem Picknickkorb schmecken lassen. Und sogar Jolanda fand, dass das Essen auf dem Dach besonders gut schmeckte.

»Was wollt ihr denn machen?«, fragte Frau Honig zurück.

»Ich würde gern auf einem Drachen reiten!«, kam es von Finchen wie aus der Pistole geschossen.

Diesmal war es Jolanda, die laut auflachte.

Frau Honig überlegte. Dann griff sie in ihre Manteltasche und zog eine weiße Kreide heraus. »Seht mal, was ich hier zufällig habe!«, sagte sie.

»Eine Kreide, na und?« Jolanda rümpfte die Nase.

»Es ist keine gewöhnliche Kreide!«, flüsterte Frau Honig geheimnisvoll. Sie sah sich um. »Jetzt brauchen wir nur noch einen schön gepflasterten Platz, auf dem wir malen können!«

Und kurz darauf standen die drei Kinder und Frau Honig auf dem Platz vor dem Haus.

»Perfekt!«, meinte das Kindermädchen und drückte Jolanda die Kreide in die Hand. »Mal doch bitte mal einen Drachen!«

»Ich kann das nicht! Ich weiß gar nicht genau, wie ein Drache aussieht.«

Jakob neben ihr stöhnte. Dann nahm er ihr die Kreide aus der Hand und kniete sich auf den Boden. »Das ist doch ganz einfach! Hier ist der Kopf.« Er malte konzentriert Linien auf den Boden. »Hier die Flügel und hier der lange Schwanz.«

»Er braucht noch so Zacken!«, sagte Finchen und Jakob malte dem Kreidedrachen schöne Zacken auf. Von vorne bis hinten war er nun wunderbar gezackt und Finchen sehr zufrieden.

»Gefällt er dir?«, fragte er das kleine Mädchen.

Finchen nickte begeistert. Doch dann verdüsterte sich

ihr Gesicht. »Wird er schlimmes Feuer spucken?«, fragte sie ängstlich.

Jakob schüttelte den Kopf. »Das ist ein Drache aus der Kreidezeit. Ein sogenannter Kreidscilla. Die speien nur Feuer, um ihre Herrchen zu schützen. Und wenn ihnen kalt ist.« Finchen schien beruhigt.

»Und wie heißt er?«, wollte Frau Honig wissen.

Finchen sah zu Jolanda. »Du sollst es sagen, weil Jakob hat ihn gemalt, ich hab ihm seine Zacken gegeben und du schenkst ihm jetzt seinen Namen.«

Jolanda war darüber fast ein wenig gerührt, aber sie versuchte ihre Rührung zu vertuschen, indem sie die Augen verdrehte. »Keine Ahnung, wie der heißen soll!« Sie versuchte gelangweilt zu klingen.

»Ich bin sicher, es liegt bereits ein perfekter Name auf deiner Zunge, Jolanda«, munterte sie Frau Honig auf.

In Wirklichkeit überlegte Jolanda fieberhaft, wie der Drache heißen könnte. Aber ihr fiel einfach nichts Gutes ein.

»Arktikus!«, schlug Jakob vor. »Dragona!«, überlegte er weiter.

»Dolardomum!«, schlug Finchen vor.

»Psst, seid leise«, mahnte Frau Honig. »Lasst Jolanda überlegen. Ich glaube, da entsteht gerade etwas ganz Wunderbares.«

Jolanda schloss die Augen. Irgendwie hatte sie das Gefühl, ein wunderbarer Name für einen Drachen würde ihr gleich einfallen und dann von ihrer Kehle auf die Zunge hüpfen und hinaus in die Welt. Aber das Wort, das in ihrem Kopf herumsprang, traute sich aus irgendeinem Grund nicht hinaus.

»Jetzt sag doch einfach!« Finchen war bereits etwas ungeduldig. Jolanda öffnete den Mund: »Drachi! Sein Name soll Drachi sein!«

Jakob sah Finchen an. Er prustete ein wenig los. »Drachi! Ein sehr … äh … ungewöhnlicher Name.«

»Jakob, ich finde, für den ersten Namen, den sich Jolanda in ihrem Leben für einen Drachen ausgedacht hat, ist er ganz passabel. Deshalb werden wir dieses schöne Geschöpf nun Drachi nennen!« Jolanda war die ganze Situation fast ein wenig peinlich. Sie schämte sich auch für den fantasielosen Namen, aber Fantasie hatte sie einfach nicht im Unterricht bei Frau Schwietzke gelernt.

»Also worauf wartet ihr noch? Steigt auf! Drachi ist bereit zum Flug!«

Das ließen sich Jakob und Finchen nicht zweimal sagen.

»Du sitzt vorne, weil ich mich dann an dir festhalten kann«, kommandierte Finchen und die beiden Kinder ließen sich auf dem Kreidedrachen vor ihnen auf dem Boden nieder.

»Jolanda, komm, es geht gleich los!«, rief Jakob.

»Ja, komm, sonst verpasst du den Flug!«, fügte Finchen hinzu. Zögerlich ging Jolanda zu den Kindern und setzte sich auf den Drachenschwanz. Sie verschränkte die Arme vor der Brust und seufzte.

»Seid ihr bereit?«, fragte Frau Honig, die auf den Stufen beim Eingang im Schatten Platz genommen hatte.

»Kommst du nicht mit, Frau Honig?«, wollte Finchen wissen.

Das Kindermädchen schüttelte den Kopf. »Einer muss ja unten stehen und winken«, sagte sie, und dann schrie Jakob voller Vorfreude: »Also los, zeig, was du kannst, Drachi, flieg!«

Und sogleich erhob sich der Kreidedrache in die Lüfte. Er stieg steil nach oben. Die Kinder schrien vor Glück.

Aber ein Kind war nicht mitgeflogen. Jolanda. Sie saß immer noch auf den Umrissen des Kreidedrachen auf dem Boden.

»Warum bist du denn nicht mitgeflogen?«, fragte Frau Honig erstaunt.

»Weil Drachen, die mit Kreide gemalt sind, nicht fliegen können. Ja, es können nicht mal Drachen fliegen, die nicht mit Kreide gemalt sind, denn Drachen, Frau Honig, gibt es nicht!«

Frau Honig blickte zu den beiden Kindern hinauf, sie hörte sie kreischen und lachen.

Und Jakob winkte Frau Honig zu. Doch er sah nicht nur das Kindermädchen, er sah auch Jolanda.

Drachi flog höher und höher. Bald wirkte die Villa Degenhardt klein wie ein Ameisenhaufen.

Finchen schloss die Augen und spürte, wie das Auf und Ab in ihrem Bauch kitzelte. Sie lachte laut und klammerte sich noch etwas fester an Jakob.

»Breite deine Arme aus, Finchen, es kann dir nichts passieren!«, rief ihr Jakob zu und sogleich breitete auch er seine Arme aus wie Flügel.

»Juhu!«, schrie er und seine Wangen röteten sich, so aufgeregt war er.

»Juhu!«, schrie auch Finchen. »Wir fliegen!« Dann tätschelte sie dem Drachen den Rücken. »Gut machst du das, Drachi!«

»Meinst du, wir könnten durch eine Wolke fliegen?«, fragte Jakob und Drachi ließ sich nicht lange bitten. Er flog direkt in die nächste Wolke hinein.

Finchen pflückte ein Stück Wolke ab und steckte es sich in den Mund. »Zuckerwatte!«, rief sie und auch Jakob probierte ein wenig von der Wolke.

»Wir bringen Jolanda und Frau Honig auch etwas davon mit!«, schlug er vor und Finchen packte im Flug ihre Hosentaschen voll.

»Ich glaube, Drachi ist etwas erschöpft, wir sollten umkehren!«, sagte Finchen plötzlich und gähnte.

Kurz darauf landete Drachi mit den Kindern auf seinem Rücken behutsam auf dem Platz vor der Villa.

»Es war unglaublich!« Jakobs Wangen waren rot vor Eifer und Begeisterung.

»Wir sind durch die Wolken geflogen und haben der Sonne Guten Tag gesagt!« Finchen hüpfte vor Aufregung einmal im Kreis.

Jolanda, die immer noch auf dem Boden saß, erhob sich. »Ihr seid doch blöd! Drachen fliegen nicht. Und Kreidedrachen erst recht nicht! Ihr seid einfach die dümmsten Kinder, die ich je getroffen habe. Und das hier …« Sie trat mit den Füßen nach den Umrissen auf dem Boden vor ihr und versuchte, sie zu verwischen. »Das ist einfach nur ein Kreidestrich. Ein blöder, blöder Kreidestrich!« Tränen schossen in ihre Augen. Sie drehte sich auf dem Absatz um und lief davon.

»Was hat sie denn?«, fragte Jakob.

»Ihr gebt dem Drachen zu fressen, er ist sicher erschöpft vom Flug, und ich kümmere mich um Jolanda!«, sagte Frau Honig und lief hinter dem Mädchen her.

»Jolanda, bleib doch stehen!« Endlich hatte Frau Honig sie erreicht. Das Mädchen ließ sich auf die Knie fallen und weinte bitterlich. Frau Honig war mit einem Schritt bei ihr, hockte sich neben sie und streichelte ihr zärtlich über den Kopf. »Na, na, was ist denn los?«

»Ihr lügt doch alle. Wo lebt ihr denn eigentlich? Hinter dem Mond? Das ist nicht die wirkliche Welt. Ihr seid wie Alice im Wunderland und die kann ich schon nicht leiden. Ihr lügt euch was vor. Das kleine Mädchen denkt doch nicht im Ernst, dass man alles, was man möchte, mit Kreide auf den Boden malen kann und dann wird das lebendig?«

»Jolanda, hör mir mal zu: Zwischen Fantasie und einer Lüge, da liegen Welten, ganze Berge und Täler, Flüsse und Seen, ja sogar Meere. Fantasie gehört nun mal zu einer Kindheit. Eine Kindheit ohne Fantasie, das ist wie Nudeln ohne Tomatensoße, das ist wie Bienen ohne Blumen oder das Meer ohne Salz. Die Fantasie ist eine Eigenschaft, zu der nur Menschen fähig sind. Sie ermöglicht dir, eine Welt voller Bilder zu erzeugen. Mit ihr kannst du alles sein, alles tun, was du möchtest, und es gibt keine Grenzen.«

»Fantasie ist Einbildung!«

»Einbildung ist auch eine Bildung!«, lachte Frau Honig. Und ernst fuhr sie fort: »Fantasie ist Einfallsreichtum! Wunschkraft, Vorstellungskraft! Hast du gehört? Reichtum und Kraft.«

Jolanda schluckte. Dann blickte sie zu Frau Honig auf. »Ich möchte das auch können«, sagte sie leise. »Warum kann ich nicht, was Jakob und Finchen können? Und Sie können es auch, Frau Honig.« Jolanda schluchzte laut auf. »Ich dachte, es ist für nichts nutze, aber wenn ich ihre Augen sehe, wie die leuchten, dann weiß ich, dass sie etwas sehen können, was ich nicht sehen kann. Und etwas erleben können, was ich nicht erleben kann. Warum kann ich das nicht, Frau Honig?«

»Du kannst es, Jolanda, du hast es nur verlernt. Man muss in Übung bleiben und wenn man nicht übt, verlernt man es. Du bist viel zu lange schon erwachsen, Jolanda. Wir müssen das Kind in dir finden und zurückholen. Dann kommt die Fantasie ganz von allein zurück.« Wieder streichelte Frau Honig ihr tröstend über den Kopf.

Eine dicke Träne rann über Jolandas Wange. »Können Sie mir dabei helfen, Frau Honig?«, fragte sie leise.

Frau Honig lächelte. »Das mach ich sehr gern!«

Fantasie lässt dich auch das Unsichtbare sehen

Frau Honig saß mit den drei Kindern und den beiden Hunden draußen auf der Wiese. Sie hatte Jakob und Finchen gebeten, Jolanda und ihr bei der Suche nach dem Kind in Jolanda zu helfen.

»Mach mal den Mund auf!«, sagte Finchen. Jolanda öffnete bereitwillig ihren Mund. »Ich kann nix sehen. Das Kind ist da nicht drin. Alles nur dunkel!« Finchen machte ein besorgtes Gesicht.

»Vielleicht hast du das Kind irgendwo verloren? Und es liegt hier auf der Wiese oder in einer der vielen Hecken. Vielleicht hast du es auch aus Versehen weggeworfen. Dann hat es die Müllabfuhr abgeholt. Und jetzt wohnt dein inneres Kind auf einer Müllhalde. Jeden Tag spaziert es über die unendlichen Müllberge. Aber es ist nicht traurig, weil auf einem Müllberg findet man immer was zum Spielen!«, überlegte Jakob.

Otto und Wilhelm spitzten die Ohren. Ein Eichhörnchen lief vorbei. Die beiden Hunde sahen Frau Honig an.

»Na, worauf wartet ihr noch? Los, hinterher!«

Und das ließen sich die Hunde nicht zweimal sagen. Ihr Jagdtrieb war geweckt. Sie waren zwar nicht sonderlich schnell, man merkte ihnen an, dass sie lange nicht gerannt waren, aber Otto fühlte sich zumindest, als wäre er eine Rakete. Eine Hunde-Rakete. Und Wilhelm dachte, er wäre ein D-Zug. Das Eichhörnchen verlangsamte immer wieder seinen Lauf, drehte sich zu den Hunden um und streckte ihnen sogar einmal die Zunge heraus.

»Ihr lahmen Enten!«, schien es zu rufen, und dann war es wie der Blitz auf dem Baum.

Wilhelm und Otto kläfften noch eine Weile, dann trotteten sie äußerst zufrieden zu Frau Honig und den Kindern zurück.

»Und wenn sie es erwischt hätten?«, fragte Finchen mit ängstlichen Augen.

»Dieses Eichhörnchen ist das schnellste im ganzen Park. Das werden sie nicht mal erwischen, wenn sie die dreifachen Gewinner im Hunde-Sprint wären!« Und dann zwinkerte sie Finchen zu. »Ich bring doch deine Freunde nicht in Gefahr!« Finchen schien erleichtert.

Da sprang Jakob plötzlich auf. »Ich bin ein Eichhörnchen!«, rief er den Hunden zu. Er versuchte, auf allen vieren vor den beiden davonzulaufen.

Die Hunde gingen auf sein Spiel ein. Bellend verfolgten sie den Jungen, der jetzt wie ein Wiesel um die Bäume rannte. Schließlich ließ er sich von den Hunden fangen. Sie begruben ihn unter sich und schleckten sein Gesicht. Man konnte Jakob nur noch kichern hören. Dann kam er, von oben bis unten voller Erde und Blätter und Stöckchen in den Haaren wieder zu den dreien zurück.

Frau Honig und Finchen hatten sich über das Eichhörnchen Jakob kaputtgelacht.

Jolanda rümpfte die Nase. »Bist du für so was nicht schon zu alt, Jakob?«, fragte Jolanda.

Jakob strich sich eine Haarsträhne aus dem Gesicht. »Ich bin elf!«, sagte er verwirrt.

»Ja eben!«, erwiderte Jolanda.

»Weißt du, Jolanda«, begann Jakob. »Kind ist man nur ungefähr zwölf Jahre seines Lebens. Den ganzen langen Rest ist man dann erwachsen. Ich möchte mir einfach so viel Zeit mit dem Erwachsenwerden lassen, wie ich kann!«

»Eine sehr erwachsene Antwort, Jakob!«, lobte Frau Honig.

»Und Sie?« Jolanda wandte sich an das Kindermädchen. »Sie sind doch Erwachsen. Und trotzdem können Sie das alles!«

»Was kann ich denn?« Frau Honig blinzelte sie verwundert an.

»Sie können Drachen fliegen sehen und Teppiche und all so was.«

Frau Honig richtete sich kerzengerade auf. »Ja, das kann ich alles. Weißt du, Jolanda, als das Erwachsenwerden an meine Tür geklopft hat, hab ich einfach nicht aufgemacht. Ein bisschen davon kam dann allerdings noch durchs Schlüsselloch. Man ist eben nirgendwo ganz sicher davor. Ich konnte nichts dagegen tun … das heißt, doch, ich konnte das Kind in mir mit der Portion Erwachsenwerden anfreunden.« Sie deutete auf ihre Rocktasche. »Dann hab ich die Kindheit genommen und sie mir in meine Tasche gesteckt, und jetzt kann ich sie, sooft ich will, einfach herausholen.«

»Das mach ich auch so, Frau Honig, wenn ich groß bin. Dann näht mir Mama eine groooooße Tasche auf meinen Rock, damit ein ganz großes Stück Kindheit reinpasst. Und dann bleib ich immer ein Kind«, beschloss Finchen.

»Ich mach es einfach andersrum. Ich stecke das Erwachsensein in eine kleine Tasche und hol es nur raus, wenn ich mal auf ein Amt muss oder meinen Ausweis abholen soll oder so was Erwachsenes eben«, sagte Jakob und sprang auf die Füße. »Denn ich möchte nie erwachsen werden!«, schrie er und flog mit ausgebreiteten

Armen über die Wiese. »Ich bin Peter Pan!«, rief er, so laut er konnte.

Finchen stand ebenfalls auf und flog ihm hinterher. »Ich bin das auch, also Petra Pan!«, rief die Kleine und kicherte.

Auch Frau Honig lachte und sah den beiden beim Fliegen zu.

»Ich möchte das bitte auch können«, flüsterte Jolanda.

»Was? Fliegen?«, fragte Frau Honig.

Das Mädchen nickte. »Ich meine, fliegen die wirklich? Sie sehen immer so … so glücklich aus, wenn sie so was machen.«

»Kinder können noch fliegen«, sagte Frau Honig und lächelte zu Jakob und Finchen hinüber, die mit ausgebreiteten Armen über die Wiese flogen.

»Ich kann das auch. Mit unserem Privatjet – und da ist es nicht ausgedacht oder nur in meiner Vorstellung – es ist echt.«

»In deiner Fantasie ist auch alles echt. Und da kannst du sogar ohne Privatjet fliegen.« Frau Honig kniete sich auf den Boden und hob zwei Vogelfedern auf. »Zwei Federn genügen. Nimm sie. Sie helfen am Anfang ein wenig, damit man leichter vom Boden wegkommt. Und jetzt flieg los.«

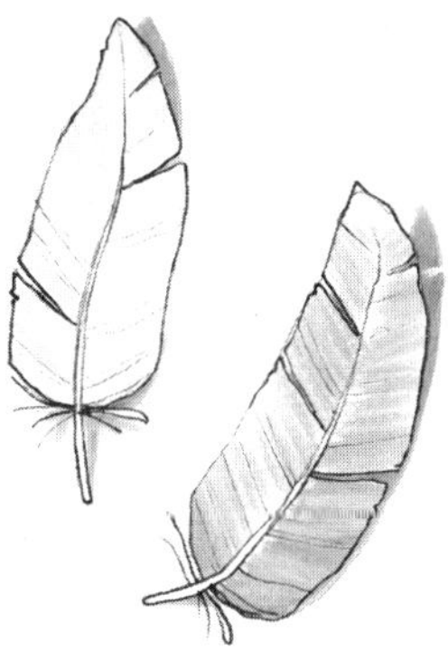

Jolanda sah auf die Federn in ihren Händen. Dann guckte sie sich um. »Hier? Jetzt?«

»Wo sonst und wann? Für Fantasie gibt es keinen schlechten Zeitpunkt und auch keinen falschen Ort. Die Fantasie hat man immer dabei.« Jolanda lachte auf. »Du glaubst mir nicht?«

Das Mädchen schüttelte den Kopf, doch dann erhob sie sich. »Also gut. Flugstunde. Die erste. Es wird nicht klappen, aber trotzdem. Was muss ich tun?«

Frau Honig stand ebenfalls auf, sie stellte sich neben das Mädchen und breitete die Arme aus. »Schließ die Augen und atme einmal tief ein und aus. Und jetzt atme all die ganze bunte Luft ein, die du finden kannst.«

»Bunte Luft?« Jolanda öffnete die Augen. »Luft ist doch nicht bunt, die kann man nicht sehen!«

»Fliegen kannst du nur mit bunter Luft!«, erklärte Frau Honig.

Jolanda schloss erneut die Lider. »Ich kann sie aber nicht sehen. Die Luft ist für mich unsichtbar!«

»Vielleicht fangen wir mit kleineren Dingen an, Jolanda, du musst nicht gleich am ersten Tag losfliegen. Fliegen ist die Königsdisziplin der Fantasie!« Frau Honig überlegte. »Fangen wir mit dem Hüpfen an.«

»Au ja«, rief Finchen und ging direkt vom Fliegen ins Hüpfen über. Schritt, hüpf, Schritt, hüpf, Schritt, hüpf, hüpfte sie einmal um Frau Honig und Jolanda herum.

»Wieso Hüpfen?«, wollte Jolanda wissen.

»Weil Hüpfen noch nicht viel Fantasie erfordert, aber ein wenig Kindheit mit sich bringt. Kinder hüpfen. Erwachsene nicht«, erklärte das Kindermädchen.

»Doch, du, du hüpfst, Frau Honig«, sagte Finchen.

»Also normale Erwachsene hüpfen nicht. Du hast recht, Finchen, ich hüpfe, aber ich bin ja auch keine normale Erwachsene. Bienchen sei Dank.«

»Warum eigentlich nicht?«, fragte Jakob. »Warum hören Erwachsene auf zu hüpfen?«

Frau Honig blickte in den Himmel und überlegte. »Das frag ich mich auch oft, denn es wäre sicher sehr gesund und sie müssten gar nicht mehr jede Woche in ihre Fitnessstudios laufen. Sie könnten einfach zur Arbeit hüpfen. Schritt, hüpf, Schritt, hüpf, Schritt, hüpf. Oder mit dem Täschchen am Arm zum Bäcker. Stell dir vor, Jolanda, deine Eltern würden zusammen durch die Straße hüpfen. Schritt, hüpf, Schritt, hüpf, Schritt, hüpf.«

»Das wäre ziemlich albern, das würden sie niemals tun!« Das Mädchen schüttelte den Kopf über so viel Unsinn.

»Aber wir tun es jetzt.« Frau Honig ging in Startposition. »Achtung, auf Drei hüpfen wir von hier bis zu diesem Baum!«

»Eins, zwei, drei«, zählte Jakob und sie hüpften los. Schritt, hüpf, Schritt, hüpf, Schritt, hüpf.

Jolanda fiel das Hüpfen anfangs schwer. Sie war schnell aus der Puste.

»Ich dachte, du hast einen Privattrainer, der mit dir Sport macht, Jolanda!«, sagte Jakob, während sie nebeneinanderher hüpften.

»Mit dem jogge ich oder wir machen Liegestütze.«

»Ich wette, dein Trainer wäre auch ganz schön aus der Puste, wenn er mal hüpfen müsste.«

Bei dieser Vorstellung konnte sich sogar Jolanda ein Lachen nicht verkneifen.

Finchen kam als Erste beim Baum an und hüpfte gleich noch zweimal um ihn herum. Finchen musterte Jolanda forschend von oben bis unten. »Du siehst immer noch aus wie Jolanda und nicht wie ein Kind!«, stellte das kleine Mädchen fest.

Also ging die Suche weiter.

»Wenn wir das Kind in dir finden, finden wir gleichzeitig deine Fantasie! Denn die beiden gehören zusammen wie Huhn und Ei, Winter und Schnee, Buch und Buchstaben, Kitzeln und Lachen, Honig und Biene«, erklärte Frau Honig.

Als sie eine Stunde alles abgesucht und Jolandas inneres Kind noch immer nicht gefunden hatten, und selbst das Hüpfen nichts gebracht hatte, saßen sie enttäuscht auf den Stufen vor der Villa Degenhardt und überlegten, wie sie Jolanda noch helfen konnten.

»Wir bringen dir einfach wieder bei, wie man ein Kind ist«, schlug Jakob vor. »Stück für Stück!«

»Gute Idee!«, riefen Frau Honig und Finchen wie aus einem Mund. »Womit fangen wir an?«, fragte Frau Honig in die Runde. Die Kinder überlegten. Jolanda sah von einem zum anderen.

»Kopfüber vom Ast hängen!«, war Jakobs erster Vorschlag.

»Riesige Kaugummiblasen machen!«, lachte Finchen.

»In Pfützen springen oder sich von einem Berg runterrollen lassen.«

Jakob richtete seinen Blick nach oben. »Bist du schon mal auf einen Baum geklettert, Jolanda?« Er zeigte auf seinen Lieblingsbaum.

»Ich bin doch gerade schon auf einem Dach gesessen, das hat mir gereicht an Höhenluft. Nenn mir einen Grund, warum ich mich so einer Gefahr aussetzen sollte.« Jolanda blickte hinauf in die Zweige, die bis in den Himmel zu reichen schienen.

»Einen? Oh, da fallen mir gleich ganz viele ein. Von da oben kannst du bis hinüber in die Stadt schauen. Du kannst den Kirchturm sehen und die Menschen wirken winzig klein. Wie Ameisen. Du hast das Gefühl, du könntest die Wolken berühren und die Flugzeuge. Manchmal

fliegen die Vögel ganz nah um deinen Kopf, weil sie denken, dass du auch ein Vogel bist. Dann setzen sie sich neben dich auf den Ast und man kann mit ihnen einen kleinen Plausch halten.«

»Wenn du die Vogelsprache so gut kannst, dann besuch doch mal Amadeus, der ist nicht nur ein Vogel, der hat auch einen. Da oben nämlich!« Jolanda tippte sich mit dem Zeigefinger an die Stirn. »Der kreischt ständig und immer und das so laut, dass es echt nervt.«

»Wahrscheinlich ist er einsam!«, vermutete Finchen.

Frau Honig nickte. »Aber ich glaube, er hat sich mit Caruso angefreundet. Neulich hab ich alles nach dem Kuckuck abgesucht. Er war nicht in der Kuckucksuhr und hatte vergessen, die volle Stunde anzusagen. Und als er dann wieder in mein Zimmer zurückgeflogen kam, hat er ganz glücklich gewirkt.«

»Sind die vielleicht verliebt? Werden sie heiraten?«, fragte Finchen begeistert.

Jolanda lachte laut auf. »Das sind doch zwei Männchen. Und außerdem … ach, was rede ich? Es ist ein Kuckuck aus einer Kuckucksuhr, der kann sich gar nicht verlieben, weil er keine Gefühle hat. Der ist aus Holz.«

»Ist doch egal. Wenn die heiraten, dann sing ich ein Lied für sie, von der Vogelhochzeit!«, sagte Finchen und begann auch gleich darauf zu singen: »Ein Vogel wollte Hochzeit machen in dem grünen Wahalde …« Und Jakob und Frau Honig stiegen sofort mit ein: »Fiderallala, fiderallala, fiderallalalala.«

»Sing doch mit, Jolanda!«, forderte Jakob sie auf.

Doch diese schüttelte den Kopf. »Ich kann nicht gut singen und ich kenne auch das Lied gar nicht.«

»Dann bringen wir es dir bei!«, rief Finchen und wieder sang sie aus voller Kehle los: »Die Drossel war der Bräutigam, die Amsel war die Brau-aute!«

Und bald grölten drei Kinder und eine Frau Honig das Lied von der Vogelhochzeit so laut, dass es bis hinüber zum Kirchturm schallte.

»Also, was ist nun?« Jakob reichte Jolanda die Hand.

Jolanda sah noch mal nach oben. »Hoch ist das schon!«, flüsterte sie ängstlich. »Und wenn ich runterfalle?« Sie blickte zu Frau Honig.

»Nun ja«, begann diese. »Ich habe dir schon einmal gesagt, Jolanda, das ganze Leben ist irgendwie gefährlich. Du kannst nicht von morgens bis abends mit einem Schutzhelm herumlaufen. Da fällt mir ein, es gab mal einen Mann, der stand ganz lange vor einem Baum und traute sich nicht hinaufzuklettern. Und eines Tages machte es *bumms* und der Baum fiel um!«

»Stand der Mann noch drunter?«, fragte Finchen mit großen Augen.

»Ja, leider!«, antwortete Frau Honig bedauernd.

»Und was ist dann mit ihm passiert?«, wollte Jolanda wissen.

Frau Honig seufzte. »Der Baum hatte den Mann wie einen Nagel in den Boden gerammt. Doch er hatte Glück. Er steckte bis zum Hals in einem Maulwurfshügel. Die Feuerwehr brauchte eine Stunde, um ihn wieder herauszuholen. Mit ein paar Schrammen kam er schließlich davon. Und das Erste, was er machte, war …« Sie blickte die Kinder abwartend an.

»Er stieg auf einen Baum?«, fragten die drei im Chor.

»Auf den höchsten, den er finden konnte!« Frau Honig lachte.

Und dann halfen sie Jolanda dabei, auf den Baum zu klettern. Sie tat sich schwer. Sie war tatsächlich noch nie auf einen Baum geklettert. Ihre Eltern hatten es ihr immer verboten. Einerseits natürlich, weil sie Angst hatten, ihre Tochter würde herunterfallen, andererseits ging es oft auch um die Bäume selbst. Denn die Bäume in diesem Garten waren so wertvoll, dass sie in Herrn und Frau Degenhardts Augen nicht fürs Klettern gedacht waren, und sie wollten nicht, dass sie beschädigt wurden. Aber glücklicherweise waren die Degenhardts ja noch immer verreist.

Auch für Finchen war es nicht leicht, sich an den Ästen nach oben zu hangeln. Aber Frau Honig, die hinter ihr herkletterte, schob sie immer ein wenig an. »Keine Sorge, Finchen, nur so zur Vorsicht und weil es einem ein gutes Gefühl gibt, habe ich eine Wolke gebeten, sich unter den Baum zu legen«, flüsterte Frau Honig der Kleinen zu.

Finchen drehte ihren Kopf nach unten. »Das heißt, sie fängt uns auf, wenn wir fallen?«, fragte sie aufgeregt.

»Na, das hoffe ich doch!«, lachte Frau Honig.

Jakob, der als Erster hochstieg, half immer erst Jolanda und dann Finchen einen Ast weiter hinauf.

»Ein wahrer Gentlemen!«, fand Frau Honig und lächelte, als er auch ihr die Hand entgegenstreckte.

»Sieh nicht nach unten, Jolanda!«, riet Jakob. »Es könnte dich sonst hinunterziehen.«

»Ich dachte, wir klettern auf den Baum, damit wir runterschauen können!«

»Wir schauen in die Ferne, nicht nach unten!«, erklärte Jakob, und dann waren sie oben. Auf dem letzten großen Ast in den Wipfeln des Baumes.

»Hier sitzt du immer?« Jolanda betrachtete die großen Äste, die fast wie eine gemütliche Bank wirkten.

»Und, wie gefällt es euch?«, fragte Jakob, als würde er den drei Damen sein Schloss zeigen.

»Ich finde es sehr reizend!«, sagte Finchen. »Du auch, Frau Honig?«

Frau Honig ließ sich vorsichtig auf den Ast sinken. »Ich finde es auch reizend, Finchen!« Dann halfen sie Jolanda, sich zu setzen.

»Und jetzt schau!« Jakob deutete nach vorne.

Jolanda vergaß um ein Haar, Luft zu holen. Ihre Augen wurden groß. Sie brachte kein Wort hervor, so berührt war sie von der herrlichen Aussicht.

»Und da, die Wolke!«, rief Finchen. »Da kann ich ja fast rüberhüpfen!«

»Du bleibst erst mal hier!«, hielt Frau Honig die Kleine zurück, die gerade zum Sprung ansetzen wollte. »Jetzt wollen wir nur in die Ferne schauen!«

Finchen hockte sich wieder auf den Ast.

»Da ist der Kirchturm, seht ihr?« Jakob zeigte zu der kleinen Stadt hinüber. Und schließlich zum Himmel. »Ich liebe die Streifen, die die Flugzeuge da oben machen. Als würden sie mit Kreide Bilder in den Himmel malen. Ich frage mich dann immer, wo die dann hingehen, die Streifen. Werden sie zu Wolken? Oder fliegen sie immer höher, bis man sie nicht mehr sieht? Wobei dann irgendwo im Universum unzählige Streifen herumfliegen müssten.«

Frau Honig, Jolanda und Finchen blickten in den Himmel über sich, der ganz nah schien. Auf einmal flogen unzählige Stare auf und bildeten eine riesige Wolke.

Die vier auf dem Baum riefen »Ah« und »Oh«, als würden sie ein Feuerwerk beobachten.

»Warum stoßen Vögel in der Luft eigentlich nicht zusammen?«, fragte Jakob und legte den Kopf in den Nacken, um nichts von dem Schauspiel zu verpassen.

»Wenn ein Vogel in einem Schwarm fliegt, ist er nicht mehr nur ein Vogel«, begann Frau Honig zu erklären, »er wird zum Schwarm. Als wäre ein Vogelschwarm ein einziger Riesenvogel. Jeder einzelne denkt dann nicht mehr für sich, er denkt für das große Ganze, für alle zusammen. Er wird allein nie mehr die Richtung selbstständig ändern. Der Schwarm ändert die Richtung nur gemeinsam. Sie verbinden sich zu einem Ganzen. Jeder fühlt, was der andere fühlt, und jeder weiß, was der andere denkt.«

»Und warum machen sie das?«, wollte Jolanda wissen.

»Weil sie nur gemeinsam stark sind. Viel stärker als allein.«

»Vögel sind schlau!«, stellte Finchen fest und winkte allen zu, die an ihrem Ast vorbeiflogen. Auch ein Eichhörnchen kam auf seinem Weg in die Baumkrone an ihnen vorbei. Es blieb kurz stehen und betrachtete die vier Menschen, die da saßen, irritiert, aber neugierig.

»Es wundert sich jetzt sicher!«, sagte Finchen.

Aber viel mehr wunderte sich wohl Jolanda. So nah war sie einem Eichhörnchen noch nie gekommen.

»Und jetzt müssen wir mit den Beinen baumeln!«, schlug Frau Honig vor.

»Ja!«, riefen Jakob und Finchen.

»Warum?«, wollte Jolanda wissen.

»Na, das Baumeln steht ganz oben auf der Kindheitsliste!«, erklärte Jakob.

»Erwachsene baumeln nicht mehr!«, fügte Finchen traurig hinzu.

»Und wo kann man besser baumeln als auf einem Baum?«, fragte Frau Honig, und alle baumelten mit den Beinen, so gut sie konnten. »Das ist ein Baumelbaum!«, kicherte Finchen.

»Ein Beinebaumelbaum!«, fügte Jakob hinzu.

Und da musste auch Jolanda lachen. Außerdem konnte sie sich nicht sattsehen – an dem kleinen niedlichen Tierchen, aber auch an den Wolken, den Vögeln und dieser wunderbaren Aussicht.

Als die Sonne langsam unterging und die Kinder darauf bestanden, den Sonnenuntergang von oben zu genießen, packte Frau Honig ein paar belegte Brote aus.

»Wo haben Sie die denn jetzt auf einmal her?«, fragte Jolanda und griff nach einem. Sie merkte, wie hungrig sie war.

»Die wachsen hier auf den Bäumen, hast du noch nie was von Leberwurstbrot-Bäumen gehört?«, lachte Frau Honig, und Jolanda war sich nicht sicher, ob das ein Witz des Kindermädchens sein sollte oder wieder zu dieser Fantasie gehörte. Aber wie auch immer, Jolanda hatte das Gefühl, selten so ein leckeres Brot gegessen zu haben. Mit oder ohne Fantasie.

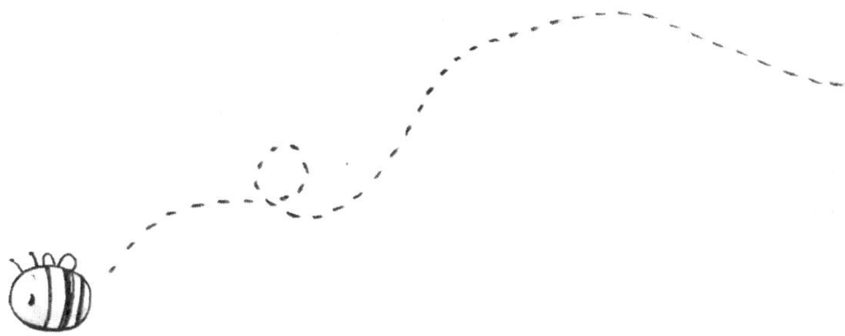

Fantasie lässt dich zaubern

Am nächsten Tag war der Stundenplan wieder ganz durcheinander. Da der Golflehrer seine Golfausrüstung nicht finden konnte, der Fitnesslehrer Muskelkater hatte, die Friseurin den Termin absagte, weil sie ihre eigenen Lockenwickler nicht mehr aus ihren Haaren herausbekam, und Frau Schwietzkes Tür immer noch nicht aufgehen wollte. So kam es, dass auch dieser Tag wieder ein freier Tag war und Frau Honig, Jakob und Finchen Jolanda weiter Unterricht im Kindsein geben konnten.

»Wir könnten über die ganze große Wiese kullern!«, rief Finchen aus und quiekte voller Vorfreude bei dem Gedanken daran.

»Kullern?«, fragte Jolanda.

»Rollen!«, sagte Jakob.

»Kugeln!«, ergänzte Frau Honig.

Jolanda zuckte mit den Schultern. »Ich verstehe zwar nicht, was das einem bringen soll, aber wenn es sein muss …«

Finchen griff nach Jolandas Hand und zog sie mit auf

die große Wiese hinter den Hecken. Frau Honig und Jakob folgten ihnen.

Doch als sie dort ankamen, deutete Jakob auf ein großes gelbes Schild:

»Dein Papa ist ganz schön streng, Jakob!«, beschwerte sich Finchen, als Frau Honig ihr die Worte vorgelesen hatte.

»Das war nicht mein Vater, wenn es nach ihm ginge, würden hier lauter bunte Blumen wachsen. Er ist kein Freund von Rollrasen und so was. Aber die Degenhardts sind …« Jetzt verstummte er. Gerade noch rechtzeitig war ihm eingefallen, dass ein Mitglied der Familie Degenhardt vor ihm stand und ihn interessiert ansah.

»Was?« Jolanda zog herausfordernd die Augenbrauen zusammen. »Was sind die Degenhardts?«

Jakob blickte Hilfe suchend zu Frau Honig. »Na ja, sie sind nicht unbedingt Naturliebhaber«, beendete er seinen Satz.

»Aber der heißt doch sicher Rollrasen, weil man sich darauf rollen soll!«, überlegte Finchen.

Jolanda schluckte gerade noch ein Pff! hinunter. »Ohne meine Eltern hätten eure Eltern keine Arbeit. Also müsst ihr euch dran halten, was meine Eltern sagen. Und wenn meine Eltern Rollrasen wollen, dann bekommen sie auch Rollrasen. Denn sie lieben eben Rollrasen. Und sie sind so naturverbunden, dass sie eben auf ihren Rasen aufpassen und nicht wollen, dass sich irgendwelche x-beliebigen Kinder darauf herumrollen!«

Finchen und Jakob hörten Jolanda mit großen Augen zu. Nicht einmal Frau Honig hatte nach dieser Rede mehr Lust, sich auf dem Rollrasen zu rollen.

Jolanda blickte von einem zum anderen. Sie schluckte. Es war ihr einfach so herausgerutscht. Verunsichert sah sie zu dem Kindermädchen.

»Ich finde, Jolanda hat recht. Wenn ihre Eltern sich um den Rollrasen sorgen, sollte man nicht darauf herumrollen. Und wir können ja auch zum Spielplatz hinübergehen und dort ein bisschen herumrollen!«, schlug Frau Honig vor.

Jakob und Finchen waren sofort einverstanden. »Mama will auch manchmal nicht, dass ich in ihrem Bett rumhüpfe, wenn sie es gerade frisch gemacht hat. Die würde auch böse werden!«, meinte Finchen und nickte Jolanda verständnisvoll zu.

Jolanda nickte auch, obwohl sie gar nicht genau wusste, was sie auf einem Spielplatz erwartete. »Wozu braucht man denn eigentlich einen Spielplatz?«, fragte sie auf dem Weg dorthin.

»Damit Kinder einen Platz haben, wo sie spielen dürfen, falls auf allen freien Flächen Verbotsschilder für Kinder stehen«, erklärte Frau Honig.

»Wie auf Rollrasen!« Jakob grinste Jolanda frech an.

Finchen rannte voraus. »Ich bin als Erster an der Rutsche!«, rief sie und war bereits die Leiter der Rutsche hinaufgeklettert.

Jolanda beobachtete, wie das Kind mit Gequieke hinunterrutschte.

»Und jetzt ich!«, rief Jakob.

Jolanda stand neben Frau Honig.

»Willst du nicht auch mal rutschen?«, fragte das Kindermädchen. »Wozu? Ich verstehe den Sinn einer Rutsche gar nicht.«

»Es muss nicht immer alles Sinn ergeben, manchmal reicht es schon, wenn es einfach nur Spaß macht!«, sagte Frau Honig. Sie hüpfte selbst zur Rutsche und stieg hoppladihoppo die Leiter hinauf. »Jetzt komm ich!« Und mit einem *Hui* rutschte sie die Rutsche hinunter.

»Komm, Jolanda, probiere es auch. Es kitzelt so schön im Bauch!«, rief Finchen.

Jolanda ging zögernd zu den dreien hinüber, die bereits mehrmals runtergerutscht waren. Sie seufzte. »Also gut …« Dann stieg sie ebenfalls die Leiter hinauf. Ohne eine Miene zu verziehen, rutschte sie hinunter.

Jakob, Finchen und Frau Honig sahen sie erwartungsvoll an.

»Und?«, fragten die drei im Chor.

Jolanda zuckte mit den Schultern. »Na ja, gibt Schlimmeres!«

Jetzt war es Jakob, der die Augen verdrehte.

»Nur schade, dass sie so kurz ist!«, seufzte Finchen.

»Für dich ist sie doch sowieso schon länger!«, entgegnete Jakob.

»Wieso?«

»Na, weil du kleiner bist. Für dich sind alle Wege länger, alle Bäume höher und alle Flüsse tiefer!«

Finchen staunte. »Und wenn ich ganz groß bin? Ist die Rutsche dann noch kürzer?«

»Dann rutschst du wahrscheinlich eh nicht mehr, denn dann bist du …«

»Nein, sag das böse Wort nicht!« Finchen hielt sich die Ohren zu.

»Erwachsen?«, fragte Jolanda und grinste.

»Wollt ihr die längste Rutsche eures Lebens

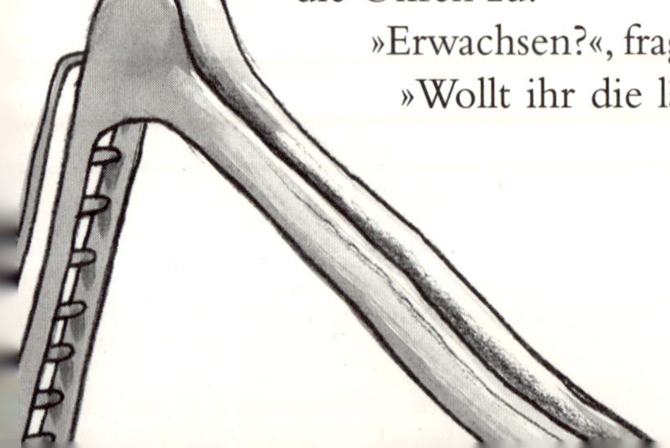

erleben?«, rief Frau Honig aufgekratzt. Sie war die Leiter bereits wieder hinaufgeklettert.

Finchen und Jakob zogen Jolanda mit sich nach oben. Dann setzte sich Jakob hinter Frau Honig, Finchen hinter Jakob und Jolanda hinter Finchen. Jeder hielt sich an seinem Vordermann fest.

»Ihr stellt euch jetzt bitte vor, die Rutsche wäre dehnbar wie Kaugummi. Und während wir rutschen, wird sie immer länger und länger. Bereit?«

Jakob und Finchen nickten aufgeregt. Jolanda seufzte hörbar.

»Aus der Bahn, Kartoffelschmarrn!«, rief Frau Honig und los ging die wilde Rutschpartie. Frau Honig, Jakob und Finchen schrien und lachten, so sehr kitzelte es in ihren Bäuchen. Tatsächlich schien die Rutsche kein Ende nehmen zu wollen. Sie machte die wildesten Kurven und führte sie hoch und runter, auf und ab, und erst als sie schon fast nicht mehr konnten und ihre Bäuche vom vielen Lachen wehtaten, kamen sie am Ende der Rutsche an. Kichernd ließen sie sich ins Gras fallen.

Nur Jolanda saß immer noch oben auf der Rutsche. Sie legte den Kopf schief und sah den dreien zu.

»Haben wir dich vergessen, Jolanda?«, fragte Jakob.

»Du hättest dich an mir festhalten müssen!«, rief Finchen. »Dann wärst du automatisch mitgerutscht!«

»Du hast echt was verpasst! Das war die beste Rutschpartie aller Zeiten. Ich dachte schon, sie nimmt kein Ende!«, jubelte Jakob.

»Pff!«, machte Jolanda mal wieder. »Sie war genauso lang wie vorher.«

»Woher willst du das wissen? Du warst doch gar nicht dabei?«

»Pff!«, machte Jolanda noch einmal und rutschte dann, ohne mit der Wimper zu zucken, hinunter.

»Du hast vergessen *Hui!* zu rufen!«, sagte Frau Honig, als sie unten ankam.

»Na und? Davon wird die Rutsche auch nicht länger.«

»Ich liebe *Huis*. Ein *Hui* hier und da versüßt mir durchaus den Tag.«

»Schau mal, Frau Honig, da liegt ein Schuh!« Finchen deutete auf einen Herrenschuh, der neben dem Spielplatz in der Wiese lag. »Hat den jemand verloren?«

»Wie kann man denn einen Schuh verlieren, das merkt man doch, wenn man nur noch mit einem Schuh nach Hause kommt«, wunderte sich Jakob.

»Ist doch ganz egal!«, sagte Jolanda, aber Frau Honig schüttelte den Kopf.

»Ich glaube, dieser Schuh hat eine ganz besondere Geschichte!« Sie beugte sich zu dem Schuh hinunter und sah ihn sich genauer an. Sie machte ein Gesicht, als wäre sie eine Detektivin. »Tja, wie kommt wohl der Schuh dorthin?«

Finchen und Jakob fingen sofort an zu überlegen.

»Ich weiß es, ich weiß es!«, rief Jakob aus. Er räusperte sich: »Der Besitzer des Schuhs, Herbert Meiergeier, hatte Krach mit seiner Frau Eleonore Meiergeier. Die warf wütend seine Sachen aus dem Fenster und schrie …« Jetzt verstellte er seine Stimme und ließ sie klingen wie eine Frau. Finchen hielt sich bereits den Bauch vor Lachen. »›Du kannst zu deiner Mutter ziehen!‹ Herbert sammelte seine Kleidung ein und stolperte in Socken zu seiner Mutter, die um die Ecke wohnte. Dabei verlor er einen Schuh – und zwar diesen hier!« Jakob hob den Schuh in die Luft und verbeugte sich nach allen Seiten, als wäre er ein Schauspieler.

Finchen und Frau Honig hatten aufmerksam zugehört und klatschten nun begeistert Beifall.

Dann holte Finchen tief Luft. »Ich glaub, es war ganz anders! Da war mal ein Mann mit nur einem Bein. Wo das andere war, weiß ich noch nicht. Jedenfalls ging der in ein Schuhgeschäft und wollte sich einen neuen Schuh kaufen für sein eines Bein. Da hat der Schuhverkäufer gesagt, er müsste beide Schuhe bezahlen. Da wurde der Mann ziemlich wütend. Weil er ja wirklich nur den rechten Schuh brauchte. Und da hat er den linken Schuh einfach weggeworfen.«

»Und eines Tages«, erzählte Jakob weiter. »Eines Tages wird bestimmt der alte Vladimir vorbeikommen. Vladimir hat auch nur ein Bein. Allerdings nur das linke. Er kommt dann zu diesem Spielplatz, denkt an nichts und sieht auf einmal diesen Schuh. Und da wird er vor Freude nur so rumhüpfen, der Vladimir.«

»Was für wunderbare Geschichten!« Frau Honig freute sich.

»Das ist doch keine wunderbare Geschichte, wenn es um zwei Männer mit nur einem Bein geht, das ist schrecklich!«, jammerte Jolanda.

»Eigentlich geht es aber um den Schuh und nicht so sehr um die Männer. Sonst würde man in der Geschichte erzählen müssen, warum die beiden nur ein Bein haben, was natürlich eine traurige Geschichte wäre, Jolanda, da hast du vollkommen recht«, stimmte Frau Honig zu.

»Muss ein Mann mit nur einem Bein wirklich zwei Schuhe bezahlen?«, fragte Jolanda plötzlich.

Frau Honig überlegte. »Ich denke schon.«

»Das ist aber ungerecht!«, schimpfte Finchen. »Und gemein!«, fügte sie hinzu.

»Wenn ich groß bin, eröffne ich einen Laden, in dem man einzelne Schuhe kaufen kann!«, sagte Jakob entschlossen.

»Ich dachte, du wolltest Weltreisender werden«, grinste Jolanda.

»Ja, erst mach ich den Ein-Schuh-Laden auf, und dann reise ich mit dem Geld, das ich da verdiene, um die Welt.«

Frau Honig betrachtete noch einmal den Schuh. »Wie es wirklich war, weiß einzig und allein dieser Schuh«, sagte sie versonnen. »Oder hast du noch eine Idee, wie der Schuh hierhergekommen sein könnte?« Sie wandte sich Jolanda zu.

Das Mädchen überlegte fieberhaft. »Ich, äh, ich glaube … vielleicht …« Sie sah von einem zum anderen. Frau Honig, Jakob und Finchen blickten sie erwartungsvoll an.

»Erzähl, Jolanda, erzähl!«, forderte Finchen sie auf.

»Also, da war der Schuh, der … ach, ist mir doch egal, wie der dahin kommt. Jedenfalls sollte man Schuhe, die man nicht mehr haben möchte, in eine Mülltonne oder in den Altkleidercontainer und nicht einfach in die Wiese schmeißen. Wo kämen wir denn da hin, wenn jeder sein Zeug einfach in die Wiese werfen würde?!«, ereiferte sich Jolanda. Sie strich ihr Kleid glatt und machte Anstalten, nach Hause zu gehen. »Ich glaube es ist gleich Abendessenszeit. Wir sollten pünktlich sein!«

Jakob, Finchen und Frau Honig wechselten einen Blick, zuckten mit den Schultern und folgten Jolanda Richtung Haus.

Am nächsten Tag beim Frühstück fragte Jolanda ihre Eltern, die auf einen kurzen Zwischenstopp nach Hause gekommen waren: »Sagt mal, könnten wir nicht im Garten eine Rutsche aufstellen?«

Herr und Frau Degenhardt ließen beide gleichzeitig die Gabel fallen.

»Eine was?«, fragte Herr Degenhardt, der dachte, er hätte sich verhört.

»Eine Rutsche. Für Kinder und vielleicht auch eine Schaukel oder so was?« Jolanda sah von ihrer Mutter zu ihrem Vater.

»Aber wozu, um Himmels willen, Sweety?«, wollte Frau Degenhardt wissen.

Jolanda stocherte in ihrem Frühstücksei herum. Sie zuckte mit den Schultern. »Weiß nicht. Einfach nur so!«

Frau Honig lächelte dem Mädchen aufmunternd zu.

»Aber bist du dafür nicht schon ein bisschen zu alt?«, fragte Herr Degenhardt.

»Man ist immer so alt, wie man sich fühlt. Und wenn Jolanda sich zur Abwechslung einmal etwas jünger fühlt, dann ist das doch sehr positiv und sollte gefördert werden«, antwortete Frau Honig an Jolandas Stelle.

»Warum sollte es von Vorteil sein, wenn man Rückschritte macht, Frau Honig?«

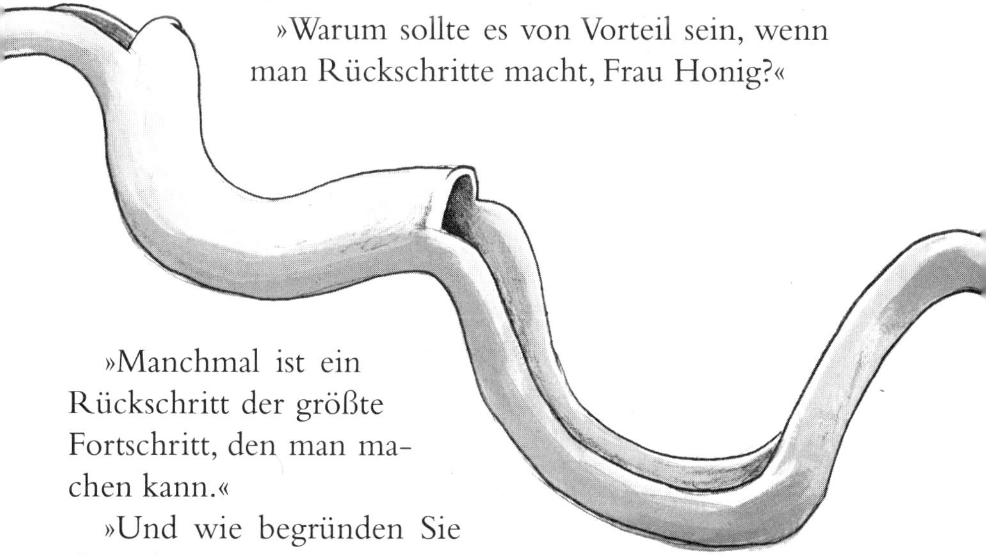

»Manchmal ist ein Rückschritt der größte Fortschritt, den man machen kann.«

»Und wie begründen Sie diese Aussage, Frau Honig?«

»Wenn man zurücktritt, hat man einen viel besseren Überblick über alles, was vor einem liegt.«

»Aha!«, sagte Frau Degenhardt verwirrt. »Nun gut, Engelchen, du sollst deine Schaukel und auch deine Rutsche haben. Du weißt ja, wir würden dir die Sterne vom Himmel holen, Sweety!«

Jolanda nickte und lächelte ihre Eltern an. Sie wusste selbst nicht genau, was sie dazu veranlasst hatte, nach einer Rutsche zu fragen, aber irgendwie war ihr dieses

Gefühl im Bauch nicht mehr aus dem Kopf gegangen und sie wollte es noch weiter versuchen.

»Aber ich will die längste der Welt, weil es sonst keinen Spaß macht.«

Frau Honig, die eben noch glücklich gelächelt hatte, blickte ernst zu dem Mädchen hinüber.

Jolanda blinzelte Frau Honig zu. »Denn ich werde eine *echte* Kaugummirutsche haben!« Und mit abgespreiztem kleinem Finger schob sie sich zufrieden den Eierlöffel in den Mund.

»Man kann nicht alles mit Geld kaufen!«, referierte Frau Honig drei Tage später. Sie stand neben Jolanda im Garten hinter den großen Hecken und begutachtete die ewig lange Rutsche, die auf der großen Wiese stand.

»Sie sehen doch, dass man es kann!«, konterte Jolanda.

Frau Honig versuchte, mit den Augen die Strecke zu erfassen, die man auf dieser Rutsche nehmen würde. Es ging kreuz und quer. Eine Rechtskurve hier, zwei Linkskurven dort. Es gab Aufs und Abs und sogar einen Tunnel.

»Ich mache schnips, und schon habe ich meine eigene Kaugummirutsche!«

»Aber es ist nicht dasselbe, Jolanda!«, sagte Frau Honig.

»Nein, ist es natürlich nicht. Es ist viel besser, denn diese Rutsche hier ist wirklich und wahrhaftig da. Sie existiert nicht nur in Ihrem Kopf, Frau Honig. Was so viel heißt wie: Ihre Rutsche ist pure Einbildung und meine nicht.«

»Was ist das denn?«, fragte Jakob, der mit Finchen den Weg entlangkam.

»Meine Kaugummirutsche. Die längste Rutsche der Welt!«, verkündete Jolanda stolz. »Wollt ihr mal?«

Finchen schüttelte den Kopf. »Ich trau mich nicht!« Sie nahm Frau Honigs Hand. »Sie ist mir zu hoch und zu lang und zu rutschig!«

Jolanda seufzte. »Und du, Jakob? Bist du auch so ein Hasenfuß wie Finchen?«

Jakob sah die Rutsche hinauf und schüttelte den Kopf. »Ich würde sie schon ausprobieren!«, sagte er, und als Frau Honig ihm aufmunternd zunickte, stieg er vor Jolanda die ewig lange Leiter hinauf. Oben angekommen, winkte er Frau Honig und Finchen zu.

»Und jetzt rutsch, Jakob!«, forderte Jolanda den Jungen auf. Dieser stieß sich ab und rutschte. Mit »Juchu« und »Oaaaah« und »Hui« nahm er jede Kurve, jede Röhre und kam schließlich völlig außer Atem unten an.

»Wie war es? Wie war es?« Finchen hüpfte zu ihrem großen Freund und umarmte ihn. »Bist du noch ganz?« Jakob lachte. »Besser als unsere Kaugummirutsche?«, fragte Finchen.

Jakob nahm das kleine Mädchen in den Arm. »Cool ist

sie schon, aber keine Rutsche auf der ganzen Welt ist so gut wie unsere Kaugummirutsche, Finchen!«

Da schien die Kleine erleichtert zu sein.

Dann kam Jolanda dran. Sie saß oben und atmete einmal tief durch. Der Blick nach unten hatte ihr doch ein bisschen Angst gemacht. Aber es gab kein Zurück. Sie nahm sich zusammen, stieß sich ab und los ging es. Rechts, links, links, rechts, hoch, runter, rüber und durch. Es holperte und warf das Mädchen in den Kurven hin und her. Als Jolanda schließlich unten ankam, war sie kreideweiß.

»Alles in Ordnung, Jolanda?« Frau Honig eilte schnell zu ihr.

»Du siehst ja aus wie ein Geist!«, lachte Jakob.

»Ganz grün!«, stellte Finchen fest.

Jolanda atmete flach. Dann stand sie auf, rannte zum Gebüsch und übergab sich.

»Bei Kaugummirutschen wird's einem nie schlecht!«, sagte Finchen und Frau Honig und Jakob schauten mitleidig zu Jolanda, die ihnen ganz schön leidtat.

Später saßen sie auf einer Decke in der Wiese im Schatten eines Baumes. Mechthild hatte wieder einen ihrer berühmten Picknickkörbe gepackt. Und die Kinder begrüßten die Speisen, die Frau Honig aus dem Korb zauberte, mit bewundernden »Ahs« und »Ohs«.

»Ich finde es ein wenig unbequem, auf der Wiese zu essen. Wollen wir uns nicht an einen Tisch mit Stühlen setzen?«, fragte Jolanda und griff nach einem Teller, den Frau Honig ihr entgegenstreckte.

»Du redest wie eine alte Frau!«, kicherte Jakob. »Wobei sogar meine Oma Wiesen-Picknicks auf Decken liebt.«

»Ich ess am liebsten unter Bäumen!« Finchen lächelte bei der Vorstellung. »Da schmeckt alles viel besser als an Tischen!«

Jolanda sagte erst einmal nichts mehr.

Frau Honig faltete aus einer weißen Serviette einen Kranich, hob ihn hoch Richtung Himmel, pustete auf ihn und ließ ihn fliegen.

Jakob und Finchen winkten dem Vogel hinterher, der bald schon in den Wolken verschwunden war.

»Wo ist der Trick? Wie haben Sie das gemacht? Sind da Fäden dran?«, fragte Jolanda und sah Frau Honig erstaunt an.

Diese schnappte überrascht nach Luft und lächelte Jolanda glücklich zu. »Du hast es gesehen, Jolanda, das ist ein guter Anfang. Jetzt geht es los, etwas in dir passiert da gerade!«

Jolanda legte den Kopf schief. Denn tief in sich hatte sie es ebenfalls gefühlt. Sie hatte dem Kranich nachgesehen und etwas hatte in ihrem Bauch gekitzelt. Ein ganz kleines bisschen nur, aber sie hatte es gespürt. Es hatte sich schön angefühlt. Aber auch irgendwie unheimlich. Deshalb wiederholte sie ihre Frage. »Aber wo ist der Trick?«

»Es gibt keinen Trick – ich lasse ihn mit meiner Fantasie und dem Glauben daran fliegen, dass er fliegen kann. Ich zweifle einfach nicht daran, dass er es kann, und siehe da – er fliegt.«

»Hm …« Jolanda blickte das Kindermädchen skeptisch an.

Frau Honig zwinkerte Jakob und Finchen zu. Sie hatten es geschafft. Es war nicht viel, aber ein Anfang war es auf jeden Fall.

Fantasie ist, wenn an Bäumen Bonbons wachsen

Wieder hatten sämtliche Lehrer am Tag darauf aus den seltsamsten Gründen abgesagt. Frau Honig ging mit Jolanda in den Park der Villa, um Finchen und Jakob zu treffen.

Jakob war auf seinem Baum zu finden, und Finchen kam ihnen aufgeregt entgegengerannt.

»Mein Baum, mein Baum! Er ist festgewachsen und er trägt schon Früchte!«, rief sie und zog Frau Honig und die beiden Kinder mit sich.

Als sie um die Hecke kamen, hinter der das kleine Mädchen vor Kurzem einen Stock eingepflanzt hatte, stand da tatsächlich ein kleiner Baum. Seltsame Früchte hingen an den Zweigen und die Blätter waren grün-rot gestreift.

»Was ist denn das für ein komischer Baum?« Jolanda trat näher, um ihn genauer unter die Lupe nehmen zu können.

»Es ist ein Imaginatus Fantasulata. Zu Deutsch: der imaginäre Fantasiebaum, und er trägt die Früchte der

Fantasie. Kirsch-Bonbons, Lakritz-Äpfel, Himbeer-Pastillen, Brause-Mirabellen, Zucker-Disteln!«

Finchen schleckte sich bereits mit der Zunge über die Lippen. »Sind sie schon reif?«, fragte sie Frau Honig, die die Früchte des Baumes eingehend betrachtete.

»Ich denke, sie brauchen noch ein, zwei Tage, bevor man sie ernten kann.«

»Kannst du sie sehen?«, wollte Jakob von Jolanda wissen.

Diese warf dem Jungen einen arroganten Blick zu. »Klar, die hat da irgendwer hingehängt, um uns zu täuschen.«

Jakob warf Frau Honig einen Blick zu. Dann zuckte er mit den Schultern. Dieses Mädchen war wirklich ein hoffnungsloser Fall.

Am Abend, als Frau Honig vom Gassigehen nach Hause kam, hörte sie ein leises Weinen aus dem Kinderzimmer. Vorsichtig trat sie an die Tür und linste durch den offenen Spalt.

Jolanda saß auf dem Boden, ihr Plüsch-Schäfchen, Wolli, das Frau Honig liebevoll und vorsichtig gewaschen hatte, saß vor ihr auf dem Bett.

»Was ist denn passiert, Jolanda?«, fragte das Kindermädchen leise.

»Ich kann mich nicht mehr mit Wolli unterhalten.

Und er wird auch nicht mehr lebendig. Früher hab ich so viel mit ihm erlebt. Ich dachte, wenn ich anfange, mit ihm zu reden, dann kann ich wieder sehen, wie er in meinem Zimmer rumhüpft. Aber vielleicht bin ich doch schon zu alt dafür, oder ich war so lange kein Kind mehr, dass es jetzt zu spät ist. Es nützt alles nichts, Frau Honig. Ich bin einfach nicht zum Kind geboren. Vielleicht war ich noch nie eines. Ist es nicht schon mal vorgekommen, dass Babys auf die Welt kamen, die schon erwachsen waren? Von Anfang an? Vielleicht war das bei mir so …«, schluchzte Jolanda.

Frau Honig streichelte dem Mädchen zärtlich über den Kopf. Dann sah sie Wolli an. »Ich glaube, du brauchst einfach ein wenig Geduld. Du hast Wolli so lange nicht beachtet, dass er sich erst wieder an dich gewöhnen muss. Stofftiere zeigen nicht jedem, dass sie eine Seele haben. Hab Geduld mit ihm!«

Jolanda schaute auf. »So wie Sie und Jakob und Finchen mit mir Geduld haben?« Eine Träne rann über ihre Wange.

»Wir geben nicht so schnell auf!«, flüsterte Frau Honig.

»Aber warum? Ich bin eine Zicke und komisch, außerdem hab ich überhaupt keine Fantasie …« Jolanda sackte immer mehr in sich zusammen.

»Hör mal zu, Jolanda. Ich weiß, dass du dein Herz im Grunde am rechten Fleck hast, es ist nur etwas verrutscht. Und es wäre doch schade, wenn man nicht alles versuchen würde, um es wieder gerade zu rücken. So wie ich jeden Tag an dem großen Bild deines Ururururgroßvaters im Flur vorbeigehe und jeden Tag hängt es wieder schief. Aber ich gebe ihm täglich einen kleinen Schubs, damit es gerade hängt. Jeden Tag aufs Neue!«

»Aber vielleicht will dieses Bild ja gar nicht gerade hängen«, gab das Mädchen zu bedenken.

Frau Honig sah auf. Auch ihr kam ein Gedanke. »Oder vielleicht ist die Schiefe des Bildes das wahre Gerade?«

»Hä?« Jolanda lachte irritiert, sie konnte den wirren Gedanken des Kindermädchens nicht mehr folgen.

»Was ich meine, ist, wie vermessen ist es von mir zu glauben, die anderen Bilder hängen richtig und das eine falsch? Vielleicht ist es genau umgekehrt!« Und dann nahm Frau Honig Jolanda entschlossen bei der Hand. »Komm, Jolanda, das versuchen wir!«

Jolanda hatte keine Lust mehr, Fragen über den Sinn und Zweck von Frau Honigs Ideen zu stellen, auch das Seufzen hatte sie mittlerweile aufgegeben. Sie stand einfach auf und folgte ihrem Kindermädchen auf den langen Flur.

Überall hingen große Ölgemälde ihrer Vorfahren. Und tatsächlich, das Bild ihres Ururururgroßvaters hing schon wieder schief. Frau Honig schaute den Flur entlang. »Na, da haben wir aber was zu tun!«, sagte sie und begann, die ersten Bilder genauso in Schieflage zu bringen wie das einzig schiefe.

Jolanda sah ihr eine Weile dabei zu, dann half sie ihr.

Oh, und was für ein Spaß es machte. Es waren sehr viele Bilder und deshalb dauerte es eine ganze Weile, doch schließlich hatten die beiden es geschafft.

Zufrieden begutachteten sie ihr Werk. »Jetzt sind alle gleich schief!«, stellte Jolanda fest.

»Wunderbar schief!«, fügte Frau Honig hinzu.

»Wir haben eine Liste gemacht, Jolanda!«, verkündete Jakob, als sie mit Frau Honig den Garten betrat und Jakob und Finchen ihnen freudig entgegenliefen.

»Eine Kindheitsliste!«, ergänzte Finchen stolz. »Da steht alles drauf, was man tun muss, um ein richtiges Kind zu sein.« Jakob drückte Frau Honig die Liste in die Hand.

Diese überflog sie und lächelte. »Die ist ja ganz wunderbar! Das habt ihr toll gemacht! Wir werden sie von oben bis unten abarbeiten!«

»Abarbeiten?«, fragte Jakob und zog die Nase kraus.

»Entschuldigung. Abspielen, natürlich! Oder schöner noch: Durchspielen. Von oben nach unten«, lachte Frau Honig und boxte Jakob liebevoll in die Seite.

»Was steht denn da alles drauf?« Jolanda wollte sich

vorher gern auf die einzelnen Punkte vorbereiten.

»Spontanität steht ganz oben drauf, denn das ist schon mal die halbe Kindheit. Nichts wird geplant. Alles kommt einfach ganz von selbst.«

»Aber wie soll man dann eine Liste abhaken, wenn man nichts planen darf? Listen sind doch dazu da, um zu planen.«

»Diese Liste ist anders: Sie ändert sich ständig. Die Worte fliegen auf dem Papier herum und man kann sich auf nichts verlassen. Überzeug dich selbst«, sagte Frau Honig.

Doch vor Jolandas Augen flogen keine Worte herum.

»Pass auf, Frau Honig!«, rief Finchen. »Das eine Wort will sich hinter dem anderen verstecken!«

»Oh, Verstecken ist ein gutes Stichwort. Fangen wir mit Verstecken an!«

Und so spielten sie die Kindheitsliste hoch und runter. Es war fast ein wenig anstrengend, aber Jolanda schien irgendwann großen Spaß daran zu haben. Von den meisten Spielen hatte sie noch nie etwas gehört und bald rauschte es in ihrem Kopf, weil sie so viele neue Spielregeln lernen musste. Denn viele Dinge gehörten zu den Kindheits-Grundkenntnissen, wie Jakob es nannte. So etwas wie Verstecken, Fangen, Ballspielen.

Auf einmal begann es zu regnen.

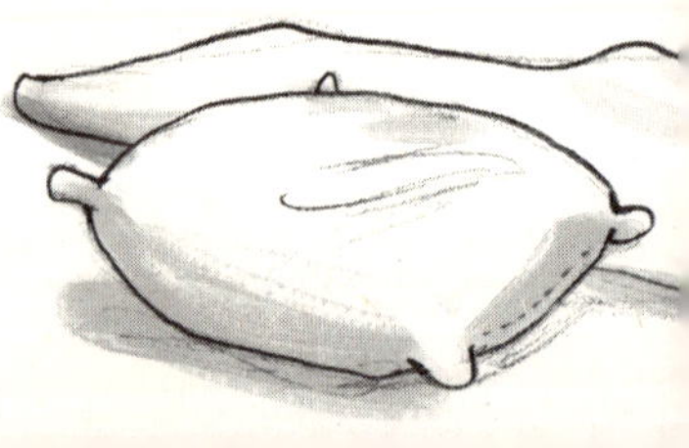

»Was machen wir jetzt?«, fragte Jolanda.

»Wir könnten ein Zelt bauen!«, rief Finchen begeistert. »Das stand doch auch auf der Liste.«

»Aber es regnet, Schlaumeier!«, lachte Jolanda.

»Dann bauen wir es eben drinnen. In deinem Zimmer«, schlug Jakob vor. »Aber das ist doch unsinnig. Im Zimmer hat man ein Dach über dem Kopf, da braucht man kein Zelt.«

»Du wirst staunen, Jolanda, wie schön es ist, mal etwas zu tun, was total unsinnig ist«, versprach ihr Frau Honig.

Und kurze Zeit später hatte Frau Honig die weißen Vorhänge in Jolandas Zimmer abgenommen. Jakob war auf eine Leiter gestiegen und hatte ein paar Seile von der Lampe heruntergespannt. Über diese legten sie jetzt die Stoffe.

Dann liefen die Kinder herum und sammelten sämtliche Kissen ein, um den Boden weich und gemütlich auszupolstern. Frau Honig brachte sogar eine kleine Lampe an, die das Zelt von innen erleuchtete.

Und dann war es so weit: Draußen wurde es bereits dunkel und die Kinder setzten sich in Schlafanzügen in

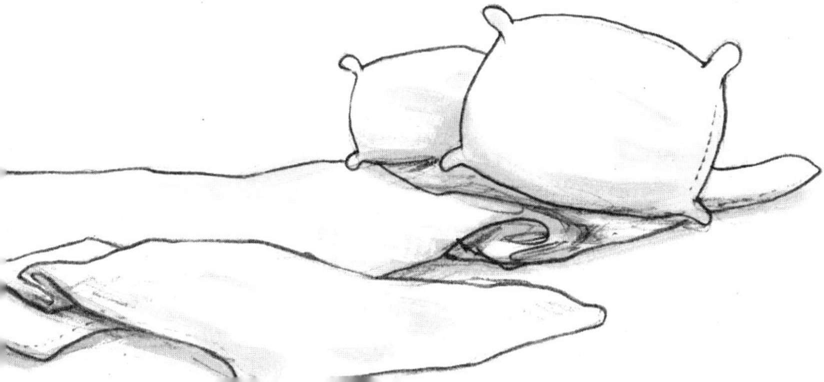

ihr neues Zelt. Frau Honig hatte mit Jakobs und Finchens Eltern gesprochen und diese hatten erlaubt, dass die beiden die Nacht bei Jolanda verbringen durften. Das war für Jolanda ebenfalls eine neue Erfahrung, denn sie hatte noch nicht oft Übernachtungsbesuch gehabt.

Frau Honig kam ins Zimmer. Sie trug ihren gelben Schlafanzug.

»Ich fürchte, für mich ist zum Schlafen nicht genug Platz im Zelt. Außerdem lasse ich euch Kinder auch gern mal allein, man braucht nicht immer einen Erwachsenen

zum Aufpassen, auch dann nicht, wenn dieser Erwachsene Frau Honig heißt. Aber eine Gute-Nacht-Geschichte erzähle ich euch noch, wenn ihr wollt!«

»Aber das ist doch was für …«, begann Jolanda.

»Für Kinder, genau«, unterbrach Frau Honig sie. »Und ihr seid doch Kinder, nicht wahr?«

»Hier sitzen zwei ganze und ein Viertel-Kind!«, zählte Finchen auf.

»Aber ich hoffe, dass aus dem Viertel-Kind bald ein halbes und dann ein ganzes wird!«, sagte Jakob, und grinste Jolanda an. Diese nickte und lächelte zurück.

Frau Honig begann eine wundervolle Geschichte zu erzählen. Sie handelte von Feen und Elfen und auch ein Drache kam vor. Frau Honig legte ihre Hände aneinander und ließ die Figuren, die in der Geschichte vorkamen, an der Zeltwand als Schatten zum Leben erwachen. So konnten sich die Kinder alles noch besser vorstellen.

Jolanda hatte noch nie ein Schattenspiel gesehen. Hin und wieder versuchte sie, mit ihren Händen ebenfalls eine Figur entstehen zu lassen, aber es gelang ihr noch nicht wirklich.

Und während Jakob und Finchen die Geschichte mit ihren lustigen Einfällen immer wieder in eine andere Richtung lenkten, hörte Jolanda einfach nur ruhig zu.

Dann wünschte Frau Honig den dreien eine Gute Nacht und ging aus dem Zimmer.

Da lagen die Kinder im dunklen Zelt. Finchen kuschelte sich an Jolanda. Diese begann die Nähe des kleinen Mädchens zu genießen. Zärtlich streichelte sie ihm über die rotbraunen Haare. Und kurz darauf war die Kleine auch schon eingeschlafen.

Jolanda wagte kaum, sich zu bewegen, weil sie Finchen nicht wecken wollte.

»Jolanda!«, flüsterte es da neben ihr. »Schläfst du schon?«

»Ja«, sagte diese müde.

»Schade!«

Und auch wenn Jolanda Jakobs Gesicht nicht wirklich sehen konnte, sie spürte, dass er grinste. Sie mochte sein Lächeln. Er hatte schöne weiße Zähne.

»Jakob?«, fragte sie ihn nach ein paar Sekunden des Schweigens.

»Mhm?«, machte dieser.

»Findest du mich eigentlich ganz schrecklich?« Jolandas Stimme zitterte.

»Wie schrecklich?«, flüsterte Jakob zurück.

»Na, schrecklich-schrecklich!«

Jakob überlegte. Dann stützte er sich auf seinen Ellenbogen und sah Jolanda an. Es war dunkel im Zelt, aber der Mond schickte sein Licht durch das Fenster bis zu ihnen ins Zelt hinein.

»Ich finde dich nicht schrecklich-schrecklich. Also am Anfang vielleicht, ja, da hab ich dich sogar schrecklich-schrecklich-schrecklich gefunden. Aber mit der Zeit verschwinden immer mehr von den Schrecklichs. Also ein verrücktes Huhn bist du schon irgendwie, aber …« Er überlegte.

»Aber?« Jolanda hatte ein wenig Angst, die Wahrheit zu erfahren.

»… ich mag verrückte Hühner!«, schloss Jakob seinen Satz ab.

Jolanda lächelte in die Dunkelheit hinein. »Danke!«, sagte sie gerührt.

»Boak, boak, boak!«, antwortete Jakob.

Jolanda kicherte, und kurz darauf waren auch die beiden eingeschlafen.

Fantasie erzählt jede nur mögliche Geschichte

Die Bienen flogen mittlerweile glücklich hin und her. Sie kamen voll beladen mit dem wunderbarsten Blütennektar zurück in ihre Stöcke, und die drei Kinder saßen oft oben auf dem Dach und sahen dem Ein- und Ausflug der Bienchen zu. Und bald war es so weit. Der erste Honig konnte geerntet werden.

Es war noch sehr früh an diesem sonnigen Vormittag.

»Der perfekte Tag für eine Honigernte«, meinte Frau Honig und steckte die Kinder in drei weiße Imkeranzüge.

»Wieso wachsen im Garten jetzt überall so viele Blumen? Ist das mit meinen Eltern abgesprochen?«, fragte Jolanda Jakob.

»Mein Vater sagt, es ist einfach so passiert, und er könnte nichts dagegen machen. Die würden einfach wachsen, weil sie es so wollen!«

»Und sonst haben die Bienen ja kein Futter!«, fügte Finchen hinzu.

Jolanda sagte nichts mehr und sah gespannt zu, wie Frau Honig die Rahmen mit den Waben, einen nach dem anderen, herausnahm. Die Waben waren prall gefüllt mit Honig, und die Bienen hatten sie schön mit Wachs verdeckelt. Frau Honig fegte die Bienen, die noch auf den Waben saßen, vorsichtig mit einem kleinen Besen ab.

»Der beste Zeitpunkt für die Honigernte ist der Morgen, weil alles über Nacht schön getrocknet ist!«, erklärte sie. Dann zeigte sie den Kindern, wie sie die Waben entdeckeln konnten. Das Wachs musste heruntergekratzt werden, um an den Honig heranzukommen.

Jolanda staunte über den goldflüssigen Honig, der unter dem Wachs sichtbar wurde.

Finchen schleckte sich die honigverschmierten Finger ab. »Ich esse Gold!«, lachte sie.

Dann kamen die Waben in eine Schleuder, die Frau Honig im Garten aufgestellt hatte. Die Schleuder sah aus wie ein Fass. An einem

Ende befand sich eine Kurbel und etwas weiter unten ein Hahn. Und schon ging es los.

Nacheinander drehten die Kinder an der kleinen Kurbel und die Schleuder begann sich zu bewegen.

Frau Honig stellte einen Blecheimer unter den Hahn und der Honig floss heraus.

Die Kinder jubelten.

»Gold, wir haben Gold gefunden!«, schrie Jakob und riss begeistert die Arme hoch. »Wir sind reich!« Dann tanzte er mit Finchen um die Schleuder herum.

Jolanda steckte den Finger in den frischen Honig und schleckte ihn genüsslich ab. Sie schloss die Augen und spürte, wie der Honig langsam ihre Kehle hinabfloss, ihr Herz wärmte und schließlich ihren Bauch. Dann öffnete sie die Augen und bemerkte, dass sie von Frau Honig, Jakob und Finchen genau beobachtet wurde. »Das Beste, was ich je gegessen habe!«, flüsterte sie, worauf die drei erneut zu jubeln begannen.

»Jolanda?« Karl erschien an der Tür zum Garten und reichte dem Mädchen ein Handy. »Deine Eltern wollen dich sprechen!«

Jolanda griff nach dem Telefon. Sie hatte in der Zwischenzeit so viel erlebt, dass ihr gar nicht aufgefallen war, wie lange ihre Eltern bereits weg waren.

»Na, Mäuseküken?«, fragte Frau Degenhardt am anderen Ende der Leitung. »Wie geht es meiner Tochter?«

»Es geht mir gut, sehr gut sogar!«, begann Jolanda zu erzählen.

»Wie war denn eigentlich dein Interview?«

»Ach, das war schrecklich. Alles ging schief, weil ich keine Ps und keine Fs mehr sagen konnte, und da hat Frau Honig übernommen und jetzt glauben alle, wir machen neue Cornflakes und außerdem einen Tag der offenen Gartentür und ...«

»Schön, schön!«, unterbrach sie Frau Degenhardt, und dann flüsterte sie irgendwem irgendetwas zu, was sich anhörte wie: »Ich sagte Porzellanrosa nicht Garnelenpink!« Dann widmete sie sich wieder dem Telefon. »'tschuldige, Schätzchen, ich bin gerade bei der Maniküre und die haben hier, wie es scheint, kein Gefühl für Farben. Was meintest du?«

Jolanda seufzte. Ihre Mutter hatte überhaupt nicht mitbekommen, was sie ihr erzählt hatte. Gerade wollte sie von vorn anfangen, da hörte sie ihre Mutter schon wieder leise mit der Frau des Nagelstudios schimpfen. Darum fing sie noch einmal neu an: »Mein Hamster hatte Zahnweh und nun hat er eine dicke Hamsterbacke. Aber wir haben ihm Vanilleeis auf die Schwellung geschmiert, und jetzt tanzt er wieder mit dem Maulwurf Chachacha.«

Frau Honig, Finchen und Jakob, die alles mit angehört hatten, prusteten los.

Frau Degenhardt antwortete nur: »Das ist fein, Schätzchen, dann grüß Frau Honig und mach weiter so!« Sie legte auf.

»Das war gut, Jolanda!«, lobte Jakob sie und sah aus, als wäre er ganz stolz auf das Mädchen.

Auch Frau Honig nickte anerkennend!

»Was war daran gut? Sie hat mir überhaupt nicht zugehört!«

»Aber du hast eine Geschichte erfunden!«, freute sich Finchen.

»Eine lustige noch dazu!«, ergänzte Jakob.

»Hab ich das?«, fragte Jolanda und blickte von einem zum anderen. Die drei nickten und Jolanda lächelte das glücklichste Jolanda-Lächeln, das sie, seit sie das Mädchen kannten, je gesehen hatten.

Als Frau Honig später zum Haus ging, um für die Kinder eine Zitronenlimonade zu holen, warf sie einen Blick in die Bibliothek und blieb stehen. Karl tanzte mit dem Besen einen Tango.

Als er Frau Honig bemerkte, hielt er peinlich berührt inne und lächelte ihr zu. »Meinem Rücken geht es seit einigen Tagen viel besser. Eigentlich seit … äh …« Er dachte angestrengt nach. »Seit diesem Traum, ich wäre ein Superheld: der Superbutler mit den fünf Armen!« Verlegen lachte er, doch als Frau Honig ihn mit ihren schönen braunen Augen anlächelte, lächelte er zurück.

»Das ist großartig, Karl!«

»Ja, das ist es. Ich fühle mich wie neu geboren!«

Frau Honig wollte gerade ihren Weg zur Küche fortsetzen, da fragte Karl noch: »Wissen Sie zufällig, was mit Frau Schwietzke ist? Ich habe sie seit Tagen nicht mehr gesehen!«

Frau Honigs Lächeln wurde breiter. »Sie hat ein Problem mit ihrer Haustür, die will irgendwie nicht aufgehen. Also zwischendurch ging sie schon auf, aber dann ließ sie sich nicht mehr schließen, und Frau Schwietzke konnte ihr Haus ja nicht offen lassen. Als der Wind sie dann wieder zublies, also die Haustür, nicht die Frau Schwietzke, ging sie wieder nicht auf!«

»Aha, verstehe!«, sagte er und überlegte. »Und sie hat keinen Mann, der ihr dabei helfen kann, die Türe zu reparieren?«

»Leider nein!« Frau Honig schüttelte den Kopf.

»Einen Freund vielleicht?«

Wieder schüttelte das Kindermädchen bedauernd den Kopf.

»Aber irgendwer müsste ihr doch helfen.«

Frau Honig seufzte tief. »Ja, irgendwer sollte ihr helfen, da haben Sie recht. Zum Glück hat sie einen großen Vorratskeller. Hunger leiden muss sie also nicht.«

Karl stellte entschlossen seinen Besen in die Ecke. Er wusste genau, wer das sein könnte: Superbutler, der Butler mit den fünf Armen, der Türen im Nu aufstemmen und wunderschöne Lehrerinnen befreien konnte. Karl streckte seine Faust in die Luft. Ein neuer Auftrag wartete auf ihn. »Los im Sauseschritt!«, rief er und machte einen kleinen Hüpfer. Er konnte nicht mehr sehen, wie Frau Honigs Lächeln sogar noch ein Stückchen breiter wurde.

Fantasie ist, wenn Bienen singen statt summen

Da der Tag der offenen Gartentür näher rückte, wurde es jetzt allerhöchste Zeit für das Rezept für die neuen Frühstücksflocken.

In der Küche war bereits alles vorbereitet. Die Eimer mit dem frisch geernteten Honig standen bereit. Große und kleine Töpfe warteten auf dem Herd.

Mechthild und sogar Karl lehnten in Schürzen und mit Kochlöffeln bewaffnet an der Küchentheke. Nun hatte jeder eine kleine Schüssel vor sich und die Aufgabe, nach dem besten und gesündesten Rezept für die neuen Frühstücksflocken zu suchen. Natürlich mit Honiggeschmack. Mit echtem Honiggeschmack.

So ein fröhliches Gerühre und Gequassle und Gesumme hatte diese Küche noch nie zuvor erlebt. Es wurde Maismehl mit Kokosöl, Dinkelmehl mit Mandelstiften und Wasser mit Malz, Buchweizen und Amaranth gemischt. Immer rührte man einen Löffel Honig dazu, denn das, so waren sich alle einig, musste die Hauptzutat sein.

Schließlich war es Mechthild, die mithilfe von Karl eine Mischung zustande brachte, die, nachdem die Flocken im Ofen getrocknet waren, alle in Entzücken versetzte.

Es waren die perfekten Frühstücksflocken, die ihren unglaublichen Honiggeschmack erst in Verbindung mit Milch entfalteten.

»Karl, Mechthild, ich werde euch auf jeden Fall am Umsatz beteiligen!«, verkündete Jolanda.

»Werde ich auch am Summsatz beteiligt?«, fragte Finchen, und alle lachten.

»Ich glaube, es ist vollbracht!« Frau Honig hatte ganz glasige Augen vor Glück, als sie einen großen Löffel voll *Honigbienchen* probiert hatte.

»Jetzt brauchen wir nur noch einen Werbeslogan!«, überlegte Jakob.

»Wie wäre es mit: *Honigbienchen, gesund und lecker. Denn … die Mischung macht's!*«, schlug Karl vor und versuchte seine Stimme klingen zu lassen wie eine Werbespotstimme eben klingt.

Alle sahen sich an. »Die Mischung macht's!«, jubelten sie und ließen Karl für diese Idee hochleben.

Etwas später fuhren Jolanda und Frau Honig mit Eugen zu Jolandas Cornflakes-Fabrik. Sie ließ sofort alle Maschinen stoppen und wies die Mitarbeiter an, ab jetzt das neue Rezept herzustellen. Frau Honig stand neben dem Mädchen, das selbstbewusst eine kleine Rede vor der gesamten Belegschaft hielt.

»Ab jetzt weht ein anderer Wind. Denn wir werden dafür sorgen, dass die Kinder ein leckeres und gleichzeitig gesundes Frühstück erhalten. Das ist allerhöchste Zeit. Also hopp, hopp, machen Sie sich an die Arbeit. Bis Sonntag müssen die ersten Schachteln fertig auf unseren Gartentischen stehen!« Dann wandte sie sich an Frau Honig. »Hab ich noch was vergessen?«

Das Kindermädchen beugte sich zu Jolanda hinunter und antwortete leise: »Wie wäre es mit einem kleinen *Bitte?*«

»Ach ja, stimmt!«, erinnerte sich Jolanda, sah zu ihren Mitarbeitern und lächelte sie, so freundlich sie konnte, an. »Bitte! Und herzlichen Dank für Ihren Einsatz, das weiß ich sehr zu schätzen.«

Spontan applaudierten alle und Jolanda errötete sogar ein wenig. Noch nie zuvor hatte sie Applaus erhalten. Außer für eine herausragende Leistung beim Golfen oder Reiten oder Klavierspielen natürlich.

Und dann kam der Tag der offenen Gartentür. Alles war wundervoll dekoriert. Die ewig lange Rutsche war abgebaut, dafür waren ein kleines Karussell und ein paar Buden aufgebaut worden. Überall hingen bunte Luftballons und Lampions. Girlanden waren von Baum zu Baum gespannt. Auf langen Tischen mit unzähligen Müslischüsseln standen verteilt die ersten Packungen der neuen Frühstücksflocken *Honigbienchen*. Eine von Jakob gemalte Biene zierte die Packung und ein Foto der drei Kinder, wie sie genüsslich *Honigbienchen* aßen, war auf der Rückseite abgedruckt.

»Da bin ich drauf, wie ich esse!«, erzählte Finchen stolz jedem, der in den Garten kam. Und es kamen viele in den Garten. So viele, wie es der Garten sicher in seinem ganzen Gartenleben noch nicht erlebt hatte.

Auch für Karl und Mechthild war es eine Herausforderung. Sie reichten Milch und sorgten für weitere Schüsseln, da die Anzahl der Kinder die Erwartungen weit überstieg.

Plötzlich stand auch Eugen im Garten. Er sah jedoch gar nicht aus wie Eugen. Er hatte sich als Clown verkleidet und bemühte sich, Luftballontiere zu formen, die allerdings alle mehr nach Luftballons als nach Tieren aussahen. Trotzdem sorgte der Auftritt von Eugen für großen Jubel bei den Kindern.

Auch Anton erschien wie aus dem Nichts mit sei-

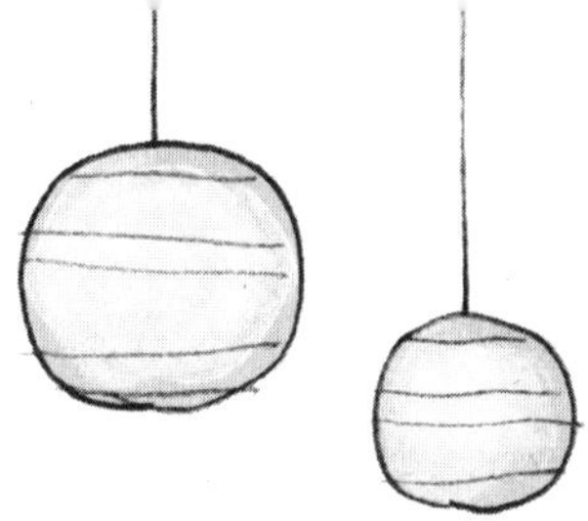

nem Akkordeon, und als Frau Schwietzke, die bisher noch keiner bemerkt hatte, zu singen begann, hielt es niemanden mehr auf den Stühlen. Die Kinder konnten sich an den *Honigbienchen* gar nicht satt essen, Frau Honig konnte sich an der Fröhlichkeit im Garten nicht sattsehen und die Pressefotografen konnten sich nicht sattfotografieren.

Es war ein einziges fröhliches Treiben, und Jolanda befand sich mittendrin. Ihre anfängliche Scheu vor den vielen Kindern war nach kurzer Zeit wie weggeblasen, und Frau Honig dankte dem Wind im Stillen dafür. Denn sie war überzeugt, dass niemand so gut war im Scheu-Wegblasen wie ihr Freund, der Wind.

Bald ging Jolanda sogar höchstpersönlich von einem zum anderen Kind und füllte die Schüsseln mit neuer Milch. Diesen Tag würde so schnell keines der Kinder wieder vergessen. Als Abschiedsgeschenk bekam jedes Kind eine Packung der neuen Cornflakes *Honigbienchen*. Darauf stand in großen bunten Buchstaben:

Gesund und lecker, denn die Mischung macht's!

Glücklich und zufrieden lagen die drei Kinder am selben Abend mit Frau Honig unter einem Baum und sahen zu, wie die Sonne versuchte, durch das dichte Blattwerk zu gelangen.

»Frau Honig?«, fragte plötzlich Finchen. »Warum summen Bienen beim Fliegen, und viele andere Insekten nicht?«

»Stimmt«, sagte Jakob erstaunt. »Schmetterlinge summen zum Beispiel nicht.«

»Vielleicht haben die zu große Flügel und das Fliegen ist für sie schon so anstrengend, dass sie nicht auch noch summen können!«, überlegte Finchen weiter.

»Alle Insekten summen«, erklärte Frau Honig. »Nur manche hören wir nicht. Weil wir uns nicht die Zeit nehmen, richtig hinzuhorchen. Aber die Bienen summen natürlich am schönsten. Sie summen auch, wenn sie in ihrem Stock sind. Es sind wunderbare Chöre, die da zu hören sind.«

»Bienen summen durch den Flügelschlag!«, wusste Jolanda und runzelte die Stirn.

Finchen sah sie streng an. »Bienen summen, weil sie glücklich sind!«, erklärte die Kleine und stemmte die Hände in die Hüften.

»Und warum sind sie so glücklich?«, fragte Jolanda gespannt.

»Weil …«, überlegte die Kleine, »… weil sie den ganzen Tag rumfliegen dürfen und der Honig so lecker ist, dass er einfach nur glücklich macht. Würden sie Zitronen sammeln, wären sie nicht so glücklich, weil Zitronen sauer sind!«

Jetzt lachte Jolanda laut los.

»Stimmt, dann würden Bienen brummen und nicht summen!«, ergänzte Jakob und fiel in Jolandas Lachen ein.

»Darf ich mal so ein Bienenchor-Konzert hören?« Finchen blickte Frau Honig bittend an.

»Aber natürlich!«, sagte Frau Honig. »In einer halben Stunde beginnt zufällig das große Jahreskonzert. Dirigiert wird es von Maestro Honigpott. Und als Solistin gibt sich die Ehre: Königin Wabe höchstpersönlich.«

Kurze Zeit später trafen sich die Kinder mit Frau Honig vor den Bienenkörben, die mittlerweile auf der großen Wiese im Garten standen. Sie hatten sich alle schick gemacht. Denn sie besuchten ja immerhin ein Konzert. Und zu einem Konzert sollte man sich ein wenig schick machen.

Nebeneinander nahmen sie vor dem größten der sechs Bienenstöcke Platz.

»Werden sich die nicht auf uns stürzen und uns stechen, wenn sie uns sehen?« Jolanda machte ein besorgtes Gesicht.

Doch Frau Honig schüttelte den Kopf. »Wir müssen nur aufpassen, dass wir nicht in ihrer Flugschneise sitzen. Sonst fühlen sie sich gestört. Aber zum Konzert ist natürlich jeder herzlich eingeladen. Gäste kommen von nah und fern und von weit und breit. Hier, seht ihr? Da kommt die Holzbiene angeflogen, sie ist die größte Wildbienenart. Gleich nach der Sandbiene, auch Zaunrüben-Sandbiene genannt, aber das hört sie nicht so gern, weil sich viele über diesen Namen lustig machen.«

»Zaunrüben-Sandbiene?«, fragte Jolanda und Jakob prustete los.

»Psst!«, machte Finchen und legte den Finger auf die Lippen. »Das mag sie doch nicht!«

»Und da kommen die wilden Schwestern!« Frau Honig zeigte auf drei Bienen, die im Zickzack nebeneinander herbeigeflogen kamen.

»Die da sehen ja lustig aus!« Jolanda deutete auf eine weitere Bienen-Gruppe.

»Als hätten sie Hosen an!«, flüsterte Jakob.

»Gut beobachtet. Die heißen tatsächlich Hosenbienen!« Jetzt kicherte Finchen los, doch Frau Honig fuhr fort: »Die haben so

lange Haare
an den Hinterbeinen,
dass sie mit diesen Bürsten mehr als
vierzig Milligramm Pollen transportieren
können – das ist ungefähr so viel, wie 40 Stecknadeln wiegen.«

»Wow, ganz schön stark«, meinte Jakob anerkennend.

»Oh, die da sind süß!«, rief Finchen entzückt. »Die sehen aus, als hätten sie Fell!«

»Das sind die Mauer-Bienchen. Die suchen sich überall ihre Nester. Sogar in einer Flöte würden sie nisten, wenn sie eine finden würden. Ah, schaut mal da, hier kommen die Löcherbiene, die Wollbiene, die Furchenbiene und die Schneckenhausbiene.«

»Aber die haben doch gar kein Schneckenhaus auf ihrem Rücken«, wunderte sich Finchen.

»Nein, das nicht, aber sie nisten gern in leeren Schneckenhäusern!«, erklärte Frau Honig weiter.

Von überall flogen nun Bienen in den großen Bienenstock, vor dem Frau Honig mit den Kindern saß.

Und dann begann das Konzert. Die Kinder und Frau Honig lauschten und wiegten sich im Gesumme der Bienen hin und her. Mal war es, als würden sie eine Melodie eines Liedes erkennen, aber dann entwickelte diese wieder völlig neue Bögen, die die Kinder noch nie zuvor gehört hatten.

»Jetzt kommt das Solo der Königin!«, flüsterte Frau Honig voller Vorfreude.

Und auch Jolanda konnte es ganz deutlich hören. Die Königin sang und summte so schön, dass Jolanda Tränen in die Augen schossen. Noch nie zuvor hatte sie so etwas Wunderbares gehört. Dann setzte sie sich ruckartig auf. »Hört ihr das?«, fragte sie und ihre Augen wurden ganz groß. »Der Wind ruft!«

Finchen und Jakob wechselten einen Blick. Auch Frau Honig spitzte ihre Ohren.

»Der Wind ruft mich!«, flüsterte Jolanda plötzlich. Sie stand auf und lief auf die große Wiese vor ihnen. Es war erst nur ein kleiner Windhauch. Das Mädchen schloss die Augen und breitete die Arme aus. Dann wurde der Hauch zu einem richtigen Luftzug und schließlich pustete der Wind so kräftig in das Kind hinein, dass sein gesamter Körper mehrmals um die eigene Achse gewirbelt wurde. Er schüttelte es so kräftig durch, dass Jolanda Luft holen musste und dabei ein kräftiges, lautes Kinderlachen zu hören war. »Das kitzelt!«, rief sie, doch Jakob und Finchen konnten sie nicht verstehen, denn der Wind nahm die Worte mit sich mit und brachte sie an einen anderen Ort. Wohin, das wusste niemand.

Frau Honig stand lächelnd daneben.

Und dann war es plötzlich still. Jolanda torkelte noch ein wenig hin und her und dann blickte sie zu Frau Honig hinüber. Ihre Augen leuchteten. Ihre Wangen waren rot und sie wirkte, als wäre alles Schwere aus ihr herausgepustet worden. Sie tat einen kleinen Hüpfer. »Hui!«, machte sie dann, denn das Wort kitzelte auf ihrer Zunge. Sie schaute nach oben. »Ob man die Wolke dazu bringen kann, zu regnen?«, fragte sie und sah Frau Honig spitzbübisch an.

»Einen Versuch wäre es wert!« Das Kindermädchen lächelte, holte tief Luft und blies auf die Wolke über Jolandas Kopf.

Das Mädchen breitete erneut die Arme aus, und sogleich fing die Wolke an, sich über ihr auszuschütten. Jolanda lachte laut los. Sie drehte sich im Kreis, während sie immer nasser und nasser wurde. Ihre Haare klebten an ihrem Kopf und sie schrie aus Leibeskräften: »Ich kann es, ich spüre den Regen. Er ist wirklich da!« Und noch einmal lachte sie laut und fröhlich. Ein wunderschönes Kinderlachen. »Kommt doch, kommt zu mir und meiner Regenwolke! Das Wasser ist herrlich warm!«, rief sie den beiden anderen Kindern und Frau Honig zu.

Und während Frau Honig lächelnd abwinkte, ließen sich Jakob und Finchen nicht länger bitten. Sie stürmten auf Jolanda und deren Wolke zu, und zu dritt tanzten sie den Regentanz.

Frau Honig stand gerührt im Trockenen daneben. Doch gerade, als sie sich eine kleine Träne aus dem

Augenwinkel wischen wollte, kam der Wind und pustete sie vorsichtig weg.

»Danke!«, flüsterte sie dem Wind zu. »Ich hatte anscheinend ein paar Blütenpollen im Auge.«

»Ab jetzt können wir alles machen, alles, was wir wollen, Jolanda!«, sagte Jakob glücklich. Sie waren in Decken gehüllt und wärmten sich an einem kleinen Lagerfeuer, das sich Frau Honig aus den Fingern geschnipst hatte. Jeder hatte einen Stock in der Hand, an dem ein Marshmallow in der heißen Glut schmolz. Eine Schale Erdbeeren stand daneben.

»Wir können Könige sein, mit dem Kreidedrachen fliegen, wir können Bonbon-Bäume pflanzen und auf den Wolken Verstecken spielen!«, zählte Finchen auf.

»Warte, warte, warte!«, rief Jolanda. »Mir fällt gerade noch was Wichtiges ein!« Sie schloss die Augen und formte langsam die Lippen: »Drachlaron!«

»Drachlaron?«, fragten Jakob und Finchen im Chor.

»Ja, der Name des Kreidedrachen lag die ganze Zeit auf meiner Zunge, und endlich konnte ich ihn aussprechen.«

»Drachlaron, das ist ein wundertoller Name, Jolanda«, lobte Finchen, und auch Jakob nickte ihr anerkennend zu. Jolanda lächelte glücklich.

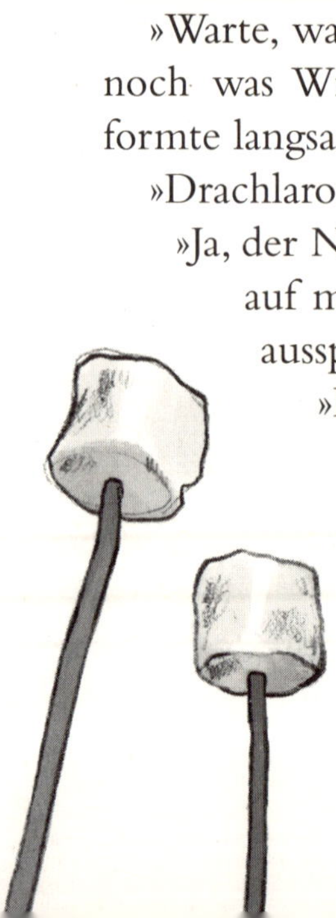

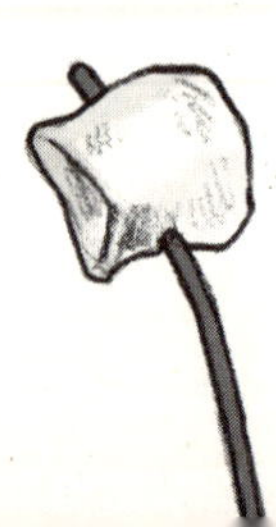

»Und, wie fühlt es sich an?« Frau Honig musterte das Mädchen und steckte sich ihren geschmolzenen Marshmallow in den Mund.

Jolanda musste keine Sekunde überlegen. »Leicht. Es fühlt sich alles ganz leicht an!«

»Und wie noch?«, fragte Finchen und grinste herausfordernd.

Jolanda wusste, was Finchen hören wollte. Langsam ließ sie die Worte auf ihrer Zunge entstehen: »Geluk noroc mawazo karamalani eventalagame schamaleni!«

Jakob und Finchen tauschten einen Blick.

»Kutschima ella titemi! Du sprichst meine Sprache!«, flüsterte Finchen voller Freude. Sie umarmte Jolanda fest und das Mädchen drückte der Kleinen einen dicken Kuss auf den Kopf.

In diesem Moment kamen zwei Gestalten aufgeregt in den Garten gelaufen. Als sie näher ans Feuer kamen, erkannte Jolanda ihre Eltern. Sie sprang auf.

»Mama, Papa, ihr seid wieder da?«, rief sie fröhlich.

Doch Herr und Frau Degenhardt wichen erschrocken ein paar Schritte zurück.

»Wer bist du?« Herr Degenhardt betrachtete das Kind, das mit zerzausten Haaren, schmutzigem Rußgesicht und verschmiertem Erdbeermund vor ihnen stand. Auch trug es eine alte Decke statt eines schönen Kleides.

»Unser Kind jedenfalls nicht!«, flüsterte Frau Degenhardt ihrem Mann zu. »Und auch von den anderen ist es keines!«, stellte sie dann fest und blickte von einem zum anderen.

»Was ist denn mit unserem Garten passiert?«, fragte Herr Degenhardt, der im schwachen Mondlicht die vielen Tische und Stühle auf der Wiese wahrnahm. Auch über die plötzlich blühenden Blumen wanderte sein Blick. Er zog die Augenbrauen hoch, dann wandte er sich an Frau Honig, die die Einzige war, die er hier zu kennen schien: »Wo ist Jolanda?«

Frau Honig erhob sich langsam. Vorher steckte sie sich aber noch schnell ein Marshmallow in den Mund. Das konnte auf keinen Fall schaden, wenn man etwas Zeit brauchte, um eine Rede vorzubereiten. Sie stellte sich neben Jolanda, legte einen Arm um ihre Schultern und sah die Degenhardts so lange an, bis sie ihr Marshmallow hinuntergeschluckt und ihre Rede Platz auf ihrer Zunge hatte.

»Ihre Tochter, Herr und Frau Degenhardt, steht direkt vor Ihnen. Ja, vielleicht erkennen Sie sie nicht, weil sie jetzt ein Kind ist. Ein richtiges Kind. Keine kleine Geschäftsfrau. Obwohl ihr Geschäft lustigerweise an diesem Tag erfolgreicher war denn je. Hören Sie, kein Kind sollte die Verantwortung für eine Firma haben!«, tadelte Frau Honig. »Vielleicht für einen Stand aus Obstkisten, an dem es Limonade verkauft oder Gänseblümchenkränzchen,

aber nicht für eine Firma. Wie soll ein Kind hüpfen und springen, wenn es eine so große Last auf seinen Schultern trägt? Wenn es mit Zahlen statt mit Federn jonglieren soll? Ein Kind sollte die Freiheit haben, frei zu sein. Das ist die einzige Pflicht, die es haben sollte. Und ohne eine Kindheit kann ein Mensch kein wirklicher Erwachsener werden.«

»Ich war auch kein richtiges Kind!«, sagte Frau Degenhardt empört.

»Ja, eben, und nun sehen Sie sich an, Frau Degenhardt. Was macht es denn für einen Sinn, immer neue Kleidungsstücke zu finden, die Sie in Ihrem übergroßen Schrankzimmer lagern können? Ein Leben reicht wahrscheinlich nicht aus, um all das zu tragen, was Sie da angesammelt haben. Sie hätten sicher mehr davon, wenn Sie die Zeit mit anderen Dingen verbringen würden.«

Frau Degenhardt sah pikiert zu Frau Honig. Sie zog einen Mundwinkel spöttisch nach oben. »Und wozu, frage ich Sie?«

Frau Honig wandte sich Jolanda zu. »Um Zeit mit Ihrer wundervollen Tochter zu verbringen, zum Beispiel. Mit ihr zu spielen oder ihren fantasievollen Geschichten zu lauschen.« Jolanda lächelte Frau Honig dankbar an. »Und Sie, Herr Degenhardt …«

Jolandas Vater richtete sich zu seiner vollen Größe auf,

um dem Wind, der ihm gleich um die Nase wehen würde, standzuhalten.

»Ja, bitte?« Innerlich machte er sich auf eine weitere Frau-Honig-Rede gefasst.

»Sie sollten zumindest an den Wochenenden Zeit mit Ihrer Familie verbringen. Es gibt so viel Wertvolleres, als immer nur noch mehr Geld verdienen zu wollen!«

»Aber …«, begann Herr Degenhardt sich zu wehren.

»Kein Aber, Papa!«, übernahm nun Jolanda das Wort. »Ich würde so vieles gern mal mit dir machen!«

»Ach ja? Und was wäre das?«

Jolanda überlegte, wenn auch nur kurz. »Ein Baumhaus bauen, eine Nacht im Freien schlafen, dem Ruf der Käuzchen zuhören, dir die Sternzeichen erklären oder so laut schreien, dass sich die Sonne die Ohren zuhalten muss.«

Herr Degenhardt schluckte. Noch nie hatte er seine Tochter so lebendig gesehen. Ihre Augen leuchteten, während sie sprach, mit den Händen machte sie große Gesten, um ihre Worte zu unterstreichen. Irgendetwas in Herrn Degenhardt rührte sich.

»Und die Lebensmittel, die du herstellst, müssen gesund werden. Es ist wichtiger, dass wir den Kindern gesunde Lebensmittel geben, statt ungesunde, die sich gut verkaufen!«

»Aber gesunde laufen eben nicht!«, widersprach Herr

Degenhardt. »Weil das, was gesund ist, oft einfach nicht gut schmeckt.«

Da stand Finchen plötzlich neben Frau Honig und hatte eine Schüssel voller *Honigbienchen* in der Hand. Mit einem großen Löffel fischte sie eine beachtliche Portion Cornflakes mit Milch heraus und streckte diese Frau Degenhardt entgegen. »Mund auf, Augen zu!«, befahl sie und Frau Degenhardts Mund klappte automatisch auf. Finchen verabreichte ihr die volle Ladung und befahl dann Herrn Degenhardt seinen Mund ebenfalls zu öffnen. Was dieser anstandslos tat.

Dann herrschte erst einmal Stille. Nur das Knirschen der knusprigen Frühstücksflakes war zu hören.

Schließlich öffneten Herr und Frau Degenhardt die Augen. Sie sahen sich an.

Jolanda wusste nicht, wer von beiden mit dem Lächeln begann, denn es war wie ein Lauffeuer und steckte jeden in der kleinen Gruppe an.

»Und jetzt kommen Sie mit uns!« Frau Honig flüsterte, um den Augenblick nicht zu zerstören.

»Wo geht's denn hin?«, fragte Frau Degenhardt ebenso leise.

»Wir machen eine kleine Reise in Ihre Kindheit!«, sagte sie, dann deutete sie auf das kleine Karussell, das noch immer vom Tag der offenen Gartentür auf der Wiese stand, und rief: »Alles einsteigen, Türen schließen. Vorsicht bei der Abfahrt!«

Frau Degenhardt sah erst Hilfe suchend zu ihrem Mann, dann zu ihrer Tochter. Die lächelte ein so bezauberndes echtes Lächeln, das nichts mehr mit dem gekünstelten Fernsehlächeln zu tun hatte, sodass Frau Degenhardt nichts erwidern konnte.

Herr Degenhardt griff nach der Hand seiner Frau und dann folgten sie den Kindern und Frau Honig ins Karussell. Und los ging die Fahrt!

Was auf der Fahrt und an diesem Abend alles passierte, darüber sprach später niemand mehr. Aber das Personal hätte am nächsten Tag die Familie Degenhardt fast nicht mehr wiedererkannt.

Schon morgens hörte man Herrn Degenhardt durchs ganze Haus singen und Frau Degenhardt tanzte die Treppen herunter. Das Ehepaar fühlte sich wie neu geboren, und Herr Degenhardt gab all seinen Mitarbeitern für eine Woche frei.

»Es ist mir egal, wenn ich diese Woche nicht produktiv bin, ich brauche die Freiheit, um Neues zu schaffen und vor allem um mich um meine Familie zu kümmern«, sagte er und umarmte seine Frau, so fest er konnte.

An diesem Abend kam Frau Honig mit einer Tasse warmer Honig-Milch zur Kinderzimmertür herein. »Jetzt aber ab mit dir ins Bett!«

Doch Jolanda war noch nicht müde. »Ich fühl mich so … so …« Sie suchte nach den richtigen Worten. Ihre Augen strahlten und ihre Wangen glühten vor Eifer. »… frei, ja, ich glaube, frei ist das richtige Wort. So als hätte ich die letzten Jahre einen riesigen Rucksack mit mir rumgetragen, gefüllt mit Steinen. Und jetzt hab ich ihn abgelegt.«

Frau Honig deckte Jolanda liebevoll zu.

»Und wissen Sie, was passiert ist, als ich vorhin ins Zimmer kam, Frau Honig?« Jolanda grinste aufgeregt von einem bis zum anderen Ohr.

»Was denn?«, fragte das Kindermädchen.

»Wolli hat mit mir gesprochen«, flüsterte das Kind.

Frau Honig setzte sich zu dem Mädchen ans Bett. »Geduld wird meist belohnt!«, sagte Frau Honig.

»Tut das eigentlich weh, Frau Honig?«, fragte Jolanda

auf einmal. Sie sah Wolli an, der vor ihr auf der Bettdecke lag. Zwischen ihren Augen entstand eine dicke Sorgenfalte.

»Was meinst du?«, hakte Frau Honig nach.

»Na, wenn man dann endgültig erwachsen wird?«

Frau Honig überlegte kurz. »Das Loslassen der Kindheit tut schon ein bisschen weh. Da drin im Herzen. Aber dann stellt man fest, dass es auch ganz schön ist, erwachsen zu sein. Ich finde, dass das Beste die Mischung aus beidem ist. Und wie viel erwachsen du wirst und wie viel Kind du bleibst, das liegt ganz bei dir, Jolanda!« Sie stupste ihr mit dem Zeigefinger auf die Nase.

Die Sorgenfalte verschwand und das Mädchen sah schon wieder sehr viel zuversichtlicher aus. »Dann will ich eine gute Mischung werden, wenn ich groß bin!«, sagte sie und lächelte Frau Honig an.

»Weil?«, fragte Frau Honig und zwinkerte ihr zu.

»... die Mischung macht's!«, riefen sie beide im Chor und lachten. Frau Honig drückte das Mädchen an sich. »Es geht doch nichts über ein lautes, kräftiges Kinderlachen!«

Fantasie ist, wenn Papierblumen duften

Am nächsten Tag stand Frau Honig mit Koffer und Korb vor der Tür der Villa. Alle waren gekommen, um sich von ihr zu verabschieden. Frau Honig hatte kein großes Aufsehen darum gemacht und auch ihren Abschied nicht großartig angekündigt. Aber jeder hatte es trotzdem verstanden. Frau Honigs Aufgabe in diesem Haus war getan.

Herr und Frau Degenhardt standen Arm in Arm auf der Treppe. Daneben Jolanda mit Jakob und Finchen. Auch Anton, der Gärtner, Mechthild, die Köchin, und Eugen, der Chauffeur, waren gekommen. Und natürlich Karl und Frau Schwietzke, die sich immer wieder liebevolle Blicke zuwarfen.

Wilhelm und Otto hechelten wie kleine Welpen und wedelten ungestüm mit ihren Schwänzen.

Frau Honig blickte von einem zum anderen. Jeder Einzelne war ihr in dieser Zeit sehr ans Herz gewachsen.

»Ich habe Ihnen einen meiner Bienenkörbe dagelassen. So, wie ich es immer tue, damit der Abschied nicht so endgültig ist. Denn immer da, wo ein Bienenkorb steht, ist auch ein Stück von mir zu finden.« Frau Honig hielt kurz inne. »Oh, das klang wie einer Ihrer lustigen Werbespot-Sprüche. Vielleicht sollte ich doch Werbespot-Star werden!«, überlegte sie.

Alle kicherten bei dieser Vorstellung.

»Sie sind das beste Kindermädchen, das ich je hatte!«, sagte Jolanda gerührt. »Und ich hoffe, dass Sie das auch bleiben und kein Werbestar werden!«

»Ja, ich denke, das passt auch besser zu mir. Ich würde es zudem nicht gern sehen, wenn man mir die Nase wegpudern würde!« Sie lachte ein lustiges Frau-Honig-Lachen. Dann nahm sie ihren Koffer und ihren Korb und ging Richtung Tor. Es stand sperrangelweit offen. Denn auch das hatte sich geändert. Noch einmal drehte sie sich um und winkte.

In diesem Moment bemerkte sie die Biene, die ungeduldig summend vor ihr auf und ab flog. »Ja, ja, ich geh ja schon!«, sagte Frau Honig. »Man wird doch wohl noch mal winken dürfen!«

Aber die Biene hatte es eilig, sie flog aufgeregt vor Frau Honig her und zeigte ihr den Weg.

Einen neuen Weg, der das Kindermädchen zu einer neuen Familie bringen sollte. Einer Familie, in der sie jetzt schon sehnlichst erwartet wurde. Oder nein, halt, nicht ganz – denn erwartet wurde Frau Honig eigentlich nie.

Kindheitsliste:

Auf einen Baum klettern
Seifenblasen pusten
Laut singen
Hüpfen
Kirschkernweitspucken
Einen Himbeerbonbon-Baum pflanzen
Eiszapfen abschlecken
Eine Gänseblümchen-Krone basteln
Eine Höhle aus Decken bauen
Einen Lampionumzug veranstalten
Auf Mauern balancieren
Sandburgen bauen
Sich bis zum Hals im Sand einbuddeln
Teig schlecken
Eine Geheimsprache sprechen
Einen Papierflieger aus dem Fenster schweben lassen
Eine Flaschenpost verschicken
Ein Elfenhaus bauen
Bilder malen

Verstecken und Fangen spielen
Drachen steigen lassen 
Kopfüber vom Baum baumeln
Mit Stofftieren sprechen
Im Bett hüpfen
Glühwürmchen fangen
Arme ausbreiten und fliegen lernen
Kastanien sammeln und lustige Figuren draus basteln
In Blätterhaufen hüpfen
Verrückt spielen
Eine Kissenschlacht veranstalten 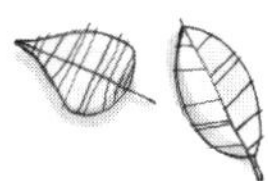
Sich einen Hang hinabrollen
In Pfützen springen
Am Kiosk ein Brausestäbchen kaufen
Zum Frühstück Eis essen
Sooft es geht, mit den Füßen baumeln
Mit einem Kreidedrachen fliegen
Sich auf einem fliegenden Teppich ins Bett fliegen lassen
...

Zur Erklärung der **VFFDDFAGI** auf Seite 10:
Vermittlungsstelle **f**ür **F**amilien, **d**enen **d**ie **F**antasie **a**bhanden **g**ekommen **i**st

Als Kind war mir Spielen das Wichtigste. Vor allem Rollenspiele. Ich war Prinzessin, Katze, armes Waisenmädchen, berühmte Schauspielerin oder Puppen-Mami. Für mich war der Duschkopf ein Mikrofon, der Tennisschläger eine Gitarre und die Gardine ein Brautkleid. Die Anrichte meiner Oma war ein Altar, der lange Spitzentischläufer darauf meine Pfarrerstola. Mein Teddybär Hucky war riesengroß und wich nicht von meiner Seite.

In meiner Fantasie konnte ich alles sein. Und ich habe so gern gespielt, dass ich manchmal große Angst vor dem Erwachsenwerden hatte. Mit zwölf Jahren habe ich im Handarbeitskurs noch ein Puppenkleid für meine Puppe Schmollerchen genäht, während alle anderen schon schicke Klamotten entworfen haben.

Auf die Frage einer Mitschülerin: »Du spielst noch mit Puppen?«, antwortete ich: »Ja, denn Kind ist man nur zwölf Jahre seines Lebens – erwachsen den ganzen langen Rest.« Da war sie still und ich konnte weiternähen.

Letztendlich fand ich es dann gar nicht so schlimm, erwachsen zu werden, weil ich gemerkt habe, dass es einzig und allein bei einem selbst liegt, wie viel erwachsen man wird.

Und manchmal habe ich das Gefühl, dass ich nur spiele, ich wäre erwachsen, damit alle um mich rum nicht merken, dass ich im Grunde das Kind geblieben bin, das ich damals war.

Ich danke:

- Sebastian Winkler – für das Radiostudiogespräch.
- Joni, der mich an die Fantasiesprache erinnert hat, die ich auch mit meinen Kindern oft gesprochen habe.
- Luis, der bei uns im Garten einen Stock pflanzte, der Wurzeln schlug.
- Meinen Eltern, dafür, dass ich Kind sein durfte und keine Geschäftsfrau werden musste.
- Wie immer meinen wunderbaren Kindern Jakob und Paulina, dafür dass es sie gibt und ich durch sie noch mal Kind sein durfte.
- Und meinem Mann Andreas, der sich seine Kindheit genauso bewahrt hat wie ich.
- Danke, Joëlle, dass du wieder deinen magischen Zeichenstift geschwungen hast, der meine Geschichte lebendig werden lässt.
- Und meiner fantastischen Franziska Bräuning, weltbeste Lektorin.

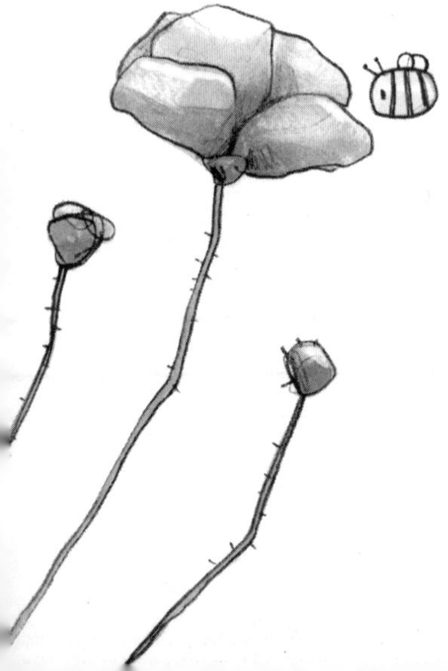

LESEPROBE AUS

Was soll Willow denn mit einem Wald anfangen? Den hat sie nämlich von ihrer Tante Alwina geerbt. Und nicht nur den – ihre Tante hat Willow auch noch ein kleines windschiefes Häuschen hinterlassen und vor allem: ihre Hexenkraft. Doch ob Willow dieses Erbe, mit allem was dazugehört, wirklich annehmen möchte? Und dann soll sie auch noch drei Mädchen finden, die die Gabe des Hexens ebenfalls in sich tragen. Nur wo? Und vor allem, wie? Zum Glück ist Willow nicht allein, denn Rufus, der Fuchs, weicht nicht mehr von ihrer Seite.

Der Schlüssel öffnet dir ein Tor
Zu einer völlig neuen Welt
Mitunter kommt es jedoch vor,
Dass man den falschen Schlüssel wählt,
Wenn du dir sicher bist, greif zu,
Nimm dir für die Entscheidung Zeit,
Denn jeder hat so seine Zacken,
Jeder seine Eigenheit.

Willow drückte ihre Nase an das Fenster. Es goss in Strömen und nur schemenhaft konnte sie die Umrisse des kleinen Waldes erkennen, der an den Garten ihres Hauses grenzte.

»Was soll ich denn mit einem Wald?«, flüsterte Willow. In diesem Moment tropfte ein dicker Wassertropfen auf ihren Kopf. Sie sah nach oben. »Undicht, na toll!«, stöhnte sie, als sie den Wasserfleck an der Decke bemerkte.

»Willow!«, rief ihr Vater von unten aus dem Wohnzimmer. »Kommst du mal?«

Willow rutschte träge von der Fensterbank und ging langsam die Stufen hinunter.

Ihr Vater stand zwischen unzähligen Umzugskisten und kratzte sich hilflos am Kopf. »Kannst du mir nicht ein bisschen helfen, Willow?«

»Was soll ich denn tun, Papa?«

»Wie wäre es mit Kisten auspacken?«

»Lohnt sich das?«

»Ja, das lohnt sich, Pieps, weil wir nämlich hierbleiben werden.«

»Das hast du auch schon in den letzten fünf Städten gesagt. Und kaum waren alle Umzugskisten ausgepackt, haben wir schon wieder alles eingepackt und weiter ging's!«

»Also jetzt übertreib mal nicht, Pieps. In Singapur waren wir immerhin zwei Jahre.«

»Eins.«

»Zwei!«

»Es war nur eines, das weiß ich ganz genau, weil du mir zu Silvester ein Himmelslicht gekauft hast und da ich dann verschlafen hab, hast du mir versprochen, dass wir es am nächsten Silvester fliegen lassen. Aber da waren wir schon nicht mehr dort.«

»Oh«, sagte ihr Vater und dachte angestrengt nach. »Es kam mir vor wie zwei.«

»Das lag sicher daran, dass es dort keine Jahreszeiten gab und es im Grunde immer heiß war.«

»Na ja, aber immerhin haben wir es ein ganzes Jahr ausgehalten.« Willow verdrehte die Augen. »Pieps, ich muss nun mal dahin, wo ich arbeiten kann. Und das ist nun mal gerade hier und praktischerweise haben wir genau jetzt dieses Haus geerbt. Deshalb werden wir sicher eine sehr lange Zeit bleiben. Ich kann von hier aus arbeiten und nebenbei endlich anfangen, mein Buch zu schreiben. Und dann wird es ein Bestseller, wir werden reich und glücklich bis an unser Lebensende!«

Willow stöhnte. Sie kniete sich vor eine Kiste, nahm ein Buch nach dem anderen heraus und stellte es lustlos ins Regal. »Die Decke in meinem Zimmer im Dach ist undicht. Es regnet rein!«, sagte sie.

»Oh«, antwortete ihr Vater erneut.

»Ist das alles, Papa? Mehr sagst du nicht? Nur ›Oh‹?« Willow sah ihren Vater fragend an.

»Ich kümmere mich darum, versprochen!«

»Genauso wie um den Schimmel an der Decke, den modrigen Geruch im Keller, die Spinnen in der Speisekammer, das fehlende Brett in den Dielen beim Eingang, den Lichtschalter im Flur, der nicht funktioniert, die Toilettenspülung, die nicht spült, den Wasserhahn, der nur braunes Wasser ausspuckt …«

»Ja, all das werde ich reparieren, und zwar schneller als du ›Blaubeerkuchensahneeiswaffel‹ sagen kannst.«

»Papa, du hast zwei linke Hände, Hammer und Nägel zählen zu deinen Feinden.«

»Willow, mein Schatz, ab jetzt wird alles anders, denn ich werde das alles mit meinen eigenen Händen erledigen. Mit meinen eigenen magischen Händen! Über diese Schwelle tritt kein unfähiger Handwerker. Denn hier kommt Superpapa!« Willows Vater stellte sich breitbeinig auf eine Kiste, hob die Faust Richtung Decke und summte die Titelmusik von Superman.

Willow musste gegen ihren Willen lachen.

»Jawohl! Denn Papas sind die wahren Superhelden! Sie können Spaghetti anbrennen lassen, Löcher in Hosen nicht zunähen und außerdem können sie Kinder fliegen lassen.« Er nahm Willow hoch und drehte sie im Kreis.

Willow kicherte. Sie war eigentlich mit ihren elf Jahren schon zu groß, um von ihrem Papa herumgewirbelt zu werden, aber sie genoss es trotzdem. Dann stellte ihr Vater sie auf seine Füße.

»Und Superpapahelden können tanzen! Niemand tanzt besser als Superpapa! Darf ich bitten? Wir tanzen den Hühneraugentanz. Du stehst auf meinen Hühneraugen und trotzdem sehen wir toll aus.«

Sie tanzten zwischen den Umzugskartons herum und Willows Vater bemühte sich um ein ernstes Tänzergesicht. Willow tat es ihm nach. »Zehn Punkte von der Jury für den Hühneraugentanz. Getanzt von Adam Flynn,

genannt Superpapa, und seiner reizenden Tochter Willow Flynn, genannt Pieps!« Lachend stolperten die beiden über einen Stapel Bücher, der im Weg stand, und fielen in die Wintermäntel, die bereits ausgepackt worden waren und noch keinen Schrank hatten.

Adam Flynn streichelte seiner Tochter liebevoll über den Kopf und gab ihr einen Kuss. »Ich hab dich so lieb, Pieps. Und du wirst sehen, wir werden es schön haben hier. Endlich haben wir ein richtiges Zuhause, in dem wir sesshaft werden können.«

Willow seufzte. »Das Haus ist schrecklich alt, Papa.«

»Aber es gehört uns und du hast als kleines Kind bereits ein paar Jahre hier gelebt. Kannst du dich denn gar nicht mehr erinnern? Du hast es geliebt.«

Willow sah sich um. Sie versuchte eine Erinnerung heraufzuholen, die vielleicht irgendwo in ihrem Innern verborgen war. Es verhielt sich doch sicher wie mit Liedern. Lieder, die man irgendwann mal gehört hatte, lagen in einer Schublade im Kopf, irgendwo verborgen. Und wenn man die richtige Schublade öffnete, konnte man einfach mitsingen. Und man wusste nicht mal genau warum. Man kannte jede Note und jede Strophe. Aber Willow konnte einfach keine Erinnerungsschublade dieses Hauses finden.

»Und du hast einen Wald geerbt, Pieps. Hey, welches elfjährige Mädchen besitzt schon einen Wald?«

»Toll!«, grummelte Willow und strich sich eine rote Haarsträhne aus dem Gesicht. »Bin ich ein Förster? Oder

Rumpelstilzchen? Wozu brauch ich einen Wald? Soll ich Bäume fällen? Oder Hänsel und Gretel spielen?«

Adam Flynn seufzte. »Weißt du was? Ich habe gerade deine Gummistiefel in dieser Kiste gefunden.« Er zog Willows rote Gummistiefel mit den weißen Punkten hervor.

»Na und?«, sagte Willow und sah ihren Vater fragend an.

»Geh raus, lerne deinen Wald kennen.«

»Aber es regnet!«

»Ist doch nur Wasser. Und auch wenn du sehr süß bist, aus Zucker bist du nicht.«

»Und wenn ich mich verlaufe?«

Adam Flynn stutzte. »Ist das nicht eigentlich mein Satz? Pieps, so groß ist der Wald auch nicht. Es ist mehr ein Wäldchen und da bist du schon als Dreijährige allein rumgelaufen. So. Raus mit dir«, sagte ihr Vater und fügte dann mit einer verstellten Stimme hinzu: »Aber komm nicht vom Weg ab und sprich nicht mit fremden Wölfen!«

»Ist gut, Großmutter!«, grinste Willow, zog ihren Regenmantel an, schlüpfte in ihre Gummistiefel und trat hinaus in den Garten. Alles war besser, als Kisten auszupacken, fand Willow.

Es sah draußen wirklich ungemütlich aus. Nass und kalt. Und dafür, dass es bereits Ende Mai war, einfach viel zu nass und viel zu kalt. Zum Glück

waren gerade Pfingstferien und so konnte sich Willow erst noch zwei Wochen an das neue Haus, die neue Stadt und eben alles, was mal wieder neu war, wenigstens ein bisschen gewöhnen. Sie zog die Schultern zu den Ohren, warf den Regenwolken einen unfreundlichen Blick zu und stapfte hinüber zum Wald.

Ja, sie hatte einen Wald geerbt. Von ihrer Tante Alwina, die gestorben war. Wenn man etwas erbte, dann war das ja sehr schön, aber was nicht schön war, war, dass erst jemand sterben musste, bevor man etwas erben konnte. Willow versuchte angestrengt, sich an Tante Alwinas Gesicht zu erinnern. Ihr Vater hatte ihr erzählt, dass sie und Alwina früher wie Seelenverwandte gewesen waren. Damals war Willow noch ein Kleinkind. Aber komischerweise tauchte immer nur das Foto von Alwina in ihr auf, das auf der Kommode in ihrem letzten Haus gestanden hatte. Eine freundliche Frau. Weiße sehr lange Haare. Ein braunes wallendes Gewand, das fast ein wenig an die Mode im Mittelalter erinnerte. Sie hatte viele Ketten um den Hals. An einer hing eine Feder, an einer anderen ein Amulett mit einer Spirale. Neben ihr ein Hund, der aussah wie ein Wolf. Wie oft stand Willow in den vergangenen Jahren vor diesem Bild und fragte sich, was es mit dieser Frau auf sich hatte, denn sie war sich sicher, dass es sich bei dieser Tante Alwina um keine gewöhnliche Tante handelte. Auch seltsam war, dass ihr Vater, wenn sie ihn auf sie ansprach, nie antwortete. Immer tat er so, als hätte er gerade unglaublich viel zu tun. Und jetzt war sie gestorben. Ihr Vater hatte dieses uralte Haus geerbt und sie, Willow, den kleinen Wald.

Sie sah hoch zu den Bäumen, die so groß waren, dass Willow das Gefühl hatte, sie könnte die Wolken berühren, würde sie den Baum entlang nach oben klettern.

»Wo ist denn hier der Eingang?«, fragte sie sich, denn zum Teil war zwischen den Bäumen so viel Gestrüpp, heruntergefallene Äste und hohes Gras, dass kaum ein Durchkommen möglich war. Doch dann sah sie plötzlich direkt vor sich einen Weg. »Komisch!«, murmelte sie. »Den hab ich wohl eben übersehen.«

Und dann betrat sie den Wald. Ihren Wald. Sie hörte den Regen, aber die Bäume bildeten ein Blätterdach und so gelangten nur einige dicke Tropfen hindurch. Willow atmete tief ein. Es roch herrlich. Nach Moos und Rinde und Pilzen. Dieser Geruch erfüllte das Mädchen von oben bis unten. Er drang bis in ihr Herz und schon lange nicht mehr hatte sie sich so sicher und geborgen gefühlt. Sie schloss die Augen.

Und plötzlich sah sie vor ihrem inneren Auge eine runzlige Hand, die eine kleine Kinderhand in ihrer hatte und diese zärtlich an einen Baum legte. Sie sah einen Wolfshund, mit dem sie Seite an Seite durch den Wald spazierte. Ihre Hand in seinem Fell. Sie sah eine kleine Schale, in der ein Feuer entfacht wurde. Der Rauch des Feuers schien Bilder in die Luft zu malen. Flügel, einen Baum, eine sich

drehende Spirale. Die Bilder wurden so intensiv, so echt, dass Willows Atem schneller wurde. Ihr Herz begann zu rasen und sie öffnete ruckartig die Augen. Es schien, als hätte sich etwas vor ihr bewegt. Die Zweige wackelten. Sie schluckte. Der Wald war ihr mit einem Mal unheimlich. Doch gleichzeitig fühlte sie sich magisch von ihm angezogen. Ein Teil in ihr wollte zurück zum Haus laufen, aber der andere Teil, der stärkere, führte sie nun Schritt für Schritt in den Wald hinein. Sie lauschte. Wie still es war. Bis auf den Regen, der weit weg zu sein schien, und ihre Schritte, hörte sie nichts. Doch dann erneut ein Rascheln. Ganz nah.

Willow blieb wie angewurzelt stehen. Sie konzentrierte ihre Augen auf das Dickicht. Die Zweige bewegten sich. Das Mädchen ging einige Schritte zurück. Und dann sah sie es. Ein Fuchs trat aus dem Gebüsch hervor. Er blickte Willow direkt in die Augen. Sie wagte nicht, sich zu bewegen. Doch sie hielt seinem Blick stand. Ihr Herz hämmerte laut. So standen sie sich eine Weile gegenüber. Dann war es, als würde der Fuchs den Kopf neigen, um sich zu verabschieden, und verschwand. Willow hätte ihn gern noch länger beobachtet, aber er war nicht mehr zu sehen. Waren Füchse eigentlich gefährlich? Angst hatte sie keine verspürt. Sie war wie verzaubert von der Schönheit

dieses Tieres. Sein rotes Fell sah so weich und glänzend aus, dass sie kurz davor gewesen war, ihre Hand auszustrecken und es zu berühren.

Jetzt wurde es ihr bewusst. Sie hatte nicht nur einen Wald geerbt. Sondern mit ihm auch alle Tiere, die in ihm lebten. Jede Blume, jeder Zweig, jedes noch so kleine Blatt, das alles gehörte ihr. Und der Fuchs. Der gehörte auch dazu. Sie hatte einen Fuchs. Und wer wusste schon, welche Tiere sie noch besaß.

Willow legte ihre Hand auf den Stamm der Eiche vor sich. »Ich habe einen Wald«, flüsterte sie. »Ich habe einen Wald!«, schrie sie auf einmal laut und hüpfte lachend über Wurzeln und herumliegende Äste. Dann sah sie noch einmal nach oben, breitete die Arme aus und drehte sich um die eigene Achse. Immer wieder, immer wieder, bis ihr schwindelig wurde und sie sich auf den weichen Waldboden fallen ließ.

In Richtung der Baumwipfel rief sie: »Hallo, Wald. Ich bin Willow. Und ich denke, wir werden viel Spaß miteinander haben!«

Als Willow nach Hause kam, saß ihr Vater auf dem Boden inmitten der Umzugskisten. Ein Fotoalbum lag vor ihm. Mit einer Hand bedeckte er seine Augen.

Willow trat vorsichtig an ihn heran und umarmte ihn. Sie wusste genau, was für ein Fotoalbum das war.

Ihr Vater sah auf. Er hatte das Eintreten seiner Tochter gar nicht bemerkt. »Die Erinnerung kommt wieder, Pieps. Es ist, als wäre sie noch hier in diesem Haus. Ich sehe sie an jeder Ecke, überall sehe ich sie stehen. Ich höre sie summen und ich höre ihr Lachen.«

Willow schloss die Augen. Auch sie versuchte die Anwesenheit ihrer Mutter zu spüren. Doch es gelang ihr nicht. Sie war viel zu klein gewesen, als ihre Mutter einen Unfall gehabt hatte und starb. Ihr Vater wollte damals nicht mehr in diesem Haus bleiben, in dem ihn alles an seine Frau erinnerte. Jetzt waren sie zurück und er hatte nicht damit gerechnet, dass ihn die Erinnerung erneut einholen würde. Bei Willow war es, als wären alle Erinnerungen vor ihrem vierten Lebensjahr einfach gelöscht worden.

Sie drückte ihren Vater liebevoll an sich. »Aber das ist doch schön«, flüsterte sie. »Es ist doch schön, dass sie irgendwie immer noch da ist. Hier in diesem Haus. Es wäre noch viel trauriger, wenn sie ganz weg wäre!«, versuchte das Mädchen ihren Vater zu trösten.

Der lächelte. »Du hast recht. Und solange wir beide sie nicht vergessen, wird sie nicht nur in diesem Haus, sondern auch in unseren Herzen wohnen.«

Willow nickte schwach, denn so schlimm es auch war, sie konnte sich nicht mehr an ihre Mutter erinnern. Aber das verriet sie ihrem Vater lieber nicht.

Zitat auf Seite 65.
»Düfte sind die Gefühle der Blumen«
(Heinrich Heine)

Bohlmann, Sabine:
Frau Honig
Wenn der Wind weht
ISBN 978 3 522 50700 4

Gesamtausstattung: Joëlle Tourlonias
Innentypografie und Satz: Tanja Haaf
Reproduktion: DIGIZWO GbR, Stuttgart
Druck und Bindung: GGP Media GmbH, Pößneck

in der Thienemann-Esslinger Verlag GmbH,
Blumenstraße 36, 70182 Stuttgart
Bei Fragen zum Produkt: service@thienemann.de

12. Auflage 2026

MIX
Papier | Fördert gute Waldnutzung
FSC® C014496
FSC www.fsc.org
PRODUZIERT MIT VERANTWORTUNG